산책자의 꿈

맘껏 두리번거리기

이 책에 사용된 그림은 파울 클레의 작품입니다.

7쪽 Paul Klee, Garden Figure, 1940

8~9쪽 Paul Klee, In the Kairouan Style, Transposed in a Moderate Way, 1914

21쪽 Paul Klee, Tightrope Walker, 1923

32~33쪽 Paul Klee, Fire at Full Moon, 1933

45쪽 Paul Klee, Twittering Machine, 1922

75쪽 Paul Klee, Resting, 1930

83쪽 Paul Klee, Abstruse, 1934

표지 · 110 · 111쪽 Paul Klee, Growth of the Night Plants, 1922

126~127쪽 Paul Klee, Ad Parnassum, 1932

140쪽 Paul Klee, Märchen, 1929

141쪽 Paul Klee, Model 106, Polyphony in Color, 1931

147쪽 Paul Klee, Signs in Yellow, 1937

157쪽 Paul Klee, Rose Garden, 1920

158쪽 Paul Klee, Battle Scene from the Comic Fantastic Opera 'The Seafarer', 1923

159쪽 Paul Klee, Witch Scene, 1921

175쪽 Paul Klee, Woman Leaning Back, 1929

176쪽 Paul Klee, Right Angles, Silver Border on 4 Sides, 1915

177쪽 Paul Klee, Opened Mountain, 1914

어슬렁 어슬렁

산책자의 꿈,
맘껏 두리번거릴 자유

월간
정여울

천년의상상

차례

산책자의
꿈,
맘껏
두리번거릴
자유

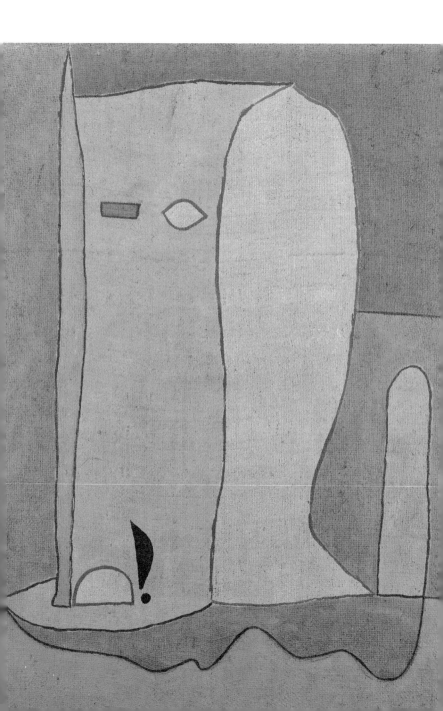

1914,211.

들어가는 말

어슬렁어슬렁, 허우적허우적, 머뭇머뭇

　　　　　　　　'의미'로 말을 걸기보다는 '뉘앙스'로 말을 거는 단어들이 있다. 알록달록, 반짝반짝, 살금살금 같은 의태어가 그렇다. 의태어는 마치 언어로 그림을 그리는 듯, 언어로 영화를 찍듯, 자음과 모음만으로도 우리 마음속에 놀라운 동영상을 만들어낸다. '팔딱팔딱'이라는 단어만 들어도 심장이 콩닥콩닥 뛰는 것 같고, '꿈틀꿈틀'이라는 단어만 봐도 무언가가 맹렬하게 움직이는 이미지가 머릿속을 관통한다. 의태어를 생각하면 자음과 모음의 간단한 조합만으로 경이로운 차이를 빚어내는 인간의 놀라운 상상력에 가슴 설레곤 한다. 게다가 어떤 의태어는 우리 자신의 성격을 설명해주는 힘을 지녔다. 몸짓이 재바르고 날쌘 사람에게 는 '사뿐사뿐'이라는 의태어가 어울리고, 호기심이 많아 여 기저기 탐색해보기를 좋아하는 사람에게는 '기웃기웃'이라 는 의태어가 어울린다. 나에게 어울리는 의태어는 뭘까. 나 는 '어슬렁어슬렁' 삶을 탐색해보기를 좋아하고, '허우적허 우적' 곤경에서 빠져나오기 위해 버둥대기를 밥 먹듯 하고, '머뭇머뭇' 좋아하는 것들 앞에서도 제대로 말을 꺼내지 못 한다. 이런 나를 예전에는 참 싫어했지만, 언제부턴가 있는 그대로의 나를 애틋하게 여기기 시작했다. 누가 '어슬렁어 슬렁', '허우적허우적', '머뭇머뭇' 이런 의태어들은 당신의 성 격을 설명하기엔 너무 부정적인 단어가 아니냐고 묻는다면, 나는 온몸으로 저항하며 "아, 이 단어들이 얼마나 아름다운 의태어인데요"라고 변호할 것이다. 누군가에게는 그저 스쳐 지나가는 단어일지라도, 나에게는 너무 소중한 단어가 바로 그런 의태어들이다.

　나는 내 트레이드마크 같은 이 아름다운 의태어들을 이렇 게 변호하고 싶다. '어슬렁어슬렁'은 결코 게으른 사람의 천 하태평의 몸짓이 아니에요. '허우적허우적'은 결코 불쌍하고 가여운 몸부림이 아니에요. '머뭇머뭇'은 결코 용기 없는 자의 어설픈 망설임이 아니에요. 어슬렁어슬렁, 그건 삶이 펼쳐 보이는 뜻밖의 다양성에 언제든 온몸을 던질 수 있는 사람의 눈부신 여유랍니다. 허우적허우적, 그건 고통으로부터 벗어나기 위해 필사적으로 몸부림치는 모든 용감한 사람들의 친구 같은 단어랍니다. 머뭇머뭇, 그건 제가 가장 사랑하는 의태어예요. 저는 한 번도 사랑 앞에서 돌진해본 적이 없습니다. 사랑뿐 아니라 좋아하는 모든 것들 앞에서는 항상 망설였어요. 하지만 어떤 사람에게는 망설임이 단지 두려움의 표현이 아니라 간절함의 몸짓이기도 합니다. 저는 늘 머뭇머뭇, 망설입니다. 지금 이 문장을 쓸 때조차도. 그게 저랍니다. 어슬렁어슬렁, 허우적허우적, 머뭇머뭇, 이 세 가지 단어의 조합은 마치 카메라의 삼각대처럼 저를 든든하게 지켜주는 정체성의 징표입니다.

어슬렁어슬렁, 허우적허우적, 그리고 머뭇머뭇. 나는 평생 그렇게 살아왔기 때문이다. 내가 벗어날 수 없는 낙인 같은 의태어들이고, 나를 키운 팔 할이기도 하기 때문이다. 나는 어떤 정해진 경계 속으로 깔끔하게 쏙 들어가는 일을 잘해내지 못했다. 학교에서도 수업보다는 먼산바라기를 좋아했고, 친구들 사이에서도 어딘가 멀고 아스라한 곳을 물끄

러미 바라보는 일이 잦았다. 목적의식적인 모든 행동에 쑥스러움을 느꼈다. 조직 생활의 적응에는 매우 힘든 성격이지만, 마침내 우여곡절 끝에 글을 쓰는 사람이 되자 그 모든 서성거림, 머뭇거림이 내 적성에 딱 맞는 일이었음을 깨닫는다. '어슬렁어슬렁'은 삶의 여유가 있을 때 가능해지는 몸짓이다. 너무 급하게 돌진하지 않고, 목적 없이도 얼마든지 삶을 즐길 여유가 있을 때 가능해지는 여행자와 산책자의 몸짓이다. '허우적허우적'은 원고 마감이 올 때마다, 어려운 강의 앞에서 긴장감에 부들부들 떨 때마다, 내가 두려움의 수렁 속에서 빠져나오는 가장 일상적인 몸짓이다. '머뭇머뭇'은 곧바로 본론을 말하지 못하고 어떻게 해야 할까 고민하며 어쩔 줄 몰라 하는 망설임의 표현이다. 전할 메시지가 있긴 한데 자꾸만 뒤로 숨고 싶은 마음, 잘 해낼 수 없을 것이라는 두려움 때문에 자꾸만 자기 안의 요새로 숨고 싶은 마음이다. 이런 마음을 견뎌본 사람들은 결국 강해진다. 느리지만 오래가는 것들의 소중함을 알게 된다. 곧바로 직구를 던질 수 없지만 언젠가는 최고 속력의 공을 던질 수 있는 사람의 오랜 참음과 견딤을 안다. 나는 어슬렁어슬렁, 허우적허우적, 머뭇머뭇, 삶을 탐험하고 실패하고 다시 일어설 때마다 매번 더 강해지고 깊어지고 용감해진다.

『어슬렁어슬렁』은 세상을 향해 단번에 '풍덩' 뛰어들지 못하고, 어슬렁어슬렁, 멈칫멈칫, 허우적허우적, 머뭇머뭇 기웃거려왔던 내 오랜 망설임의 컬렉션이다. 이런 쑥스러운 망설임과 잘 어울리는 화가로 나는 파울 클레를 떠올렸다. 파울 클레의 그림들은 마치 어딘가 알 수 없는 곳에서 들려오는 천상의 음악 소리처럼 아련한 그리움을 자아낸다. 노년기의 그림들은 지병으로 인해 몸을 자유롭게 움직이기 어려웠던 탓에 더욱 안타까운 망설임을 담아낸다. 그는 일필휘지로 과감하게 붓질을 하는 전사형 아티스트가 아니라 신중하고 끈기 있게, 오랜 망설임 속에 인간과 세계에 대한 깊은 사랑과 배려를 담아, 붓으로 음악을 작곡하듯 캔버스를 아름다운 색채의 멜로디로 수놓았다. '월간 정여울'의 소중한 독자 여러분들에게 내 오랜 어슬렁거림과 머뭇거림의 기록에 덧붙여 파울 클레의 '그림으로 그리는 멜로디'를 함께 선물하고 싶다. 비처럼 음악처럼, 글과 그림이 당신의 아픈 마음을 어루만져주기를 기대하면서.

> 2018년 하뉴월, 나의 오랜 단짝과 함께
> 끝내주게 막히는 고속도로 위에서
> 참 신기하게도 길이 막힐수록
> 글은 잘 써진다는 것을 뒤늦게 깨달으며, 정여울

아라비안나이트,
이야기의
힘으로
세상을
구하다

요새 나는 이야기의 힘에 대해 자주 생각한다. 힘들 때마다 나를 일으켜준 것은 아름다운 이야기의 위로일 때가 많았다. 천애 고아로 자랐지만 외로운 마릴라와 매슈에게 오히려 '외롭지 않은 세상, 함께 있어야만 더욱 아름다운 세상'을 선물해주는 빨간 머리 앤, 아무도 그녀를 따뜻하게 대해주지 않는 상황에서도 희망과 용기를 잃지 않는 제인 에어, 키다리 아저씨에게 다정하고 사려 깊은 편지를 보냄으로써 외롭고 삭막한 고아원의 아픈 기억으로부터 스스로 해방되는 주디에 이르기까지. 감동적인 이야기 속 주인공들은 나보다 더 어렵고 혹독한 상황 속에서도 희망과 용기를 잃지 않음으로써 더 나은 삶을 살 수 있는 주체적인 길을 택했다.

요즘 나는 『아라비안나이트』의 매력에 푹 빠져 있다. 예

전에는 너무 황당무계한 이야기라는 생각 때문에 완전히 몰
입할 수가 없었다. 그런데 서맨사 엘리스의 『여주인공이 되
는 법』이라는 책을 읽는 동안 셰에라자드야말로 진정한 페
미니스트라는 저자의 이야기를 들으며 커다란 인식의 전환
이 찾아왔다. 셰에라자드는 처음부터 이야기의 여주인공이
될 만한 '배경'을 지니고 있지 않음에도, 스스로 험난한 길을
택해 죽음의 위기에 처한 자신뿐 아니라 수많은 여성들을
구해냄으로써 스스로를 여주인공으로 '창조'해낸 것이다. 나
는 이 이야기를 온실 속의 화초처럼 자란 셰에라자드의 성
장 스토리라는 관점에서 바라본다면 더욱 흥미로울 것 같았
다. 그녀는 궁정 대신의 딸이라는 것밖에는 아무런 특징이
없어 보이는, 처음에는 전혀 영웅적인 면모를 찾아볼 수 없
는 평범한 여성으로 다가온다. 그런데 샤리야르 왕이 왕비
의 불륜을 알게 되어 왕비를 살해한 지 3년이 지난 시점에
서, 왕은 여전히 왕비에 대한 복수심에 불타 여성 전체에 대
한 증오를 숨기지 못하며 매일 밤 처녀와 결혼하여 순결을
빼앗고 아침에 죽이는 만행을 반복하고 있었다. 셰에라자드
의 아버지는 바로 그 처녀들을 물색하여 '하룻밤 왕비'로 만
드는 역할을 담당하고 있었고, 무려 천 명이 넘는 여성들이
왕의 그릇된 복수심의 희생양이 된 뒤였다. 셰에라자드는

이제 나라 안의 처녀들이 다 죽거나 도망을 가서 더 이상 새
로운 처녀를 찾을 수 없다는 아버지의 한탄을 듣게 된다. 바
로 이때 그녀의 잠재된 용기가 폭발하게 된다. "아버지, 그런
끔찍한 일이 도대체 언제까지 계속될까요? 저는 방금 임금
님과 여자들을 모두 파멸에서 구해내는 비책을 생각해내었
습니다. 다만 그것은 제가 임금님과 결혼을 해야 가능한 일
입니다." 아버지는 딸 또한 희생양이 될까 봐 전전긍긍하지
만, 딸의 고집을 꺾지 못하고, 마침내 셰에라자드는 '하룻밤
왕비'의 위험천만한 모험에 나선다.

　셰에라자드는 살인이 습관이 되어버린 미친 왕 앞에서 매
일매일 혼을 쏙 빼놓는 재미있는 이야기를 들려준다. 언제
죽을지 모르는 공포를 딛고, 자신의 목숨을 살려냄과 동시
에 왕이 스스로 잘못을 뉘우치기를 바라는 이야기를 끊임없
이 펼쳐놓는다. 왕이 여성에 대한 삐뚤어진 시선을 거두기
를 바라며, 그리고 도탄에 빠진 이 왕국의 모든 여성들을 살
리기 위하여. 셰에라자드는 언제 죽을지 모르는 무력한 피
해자가 아닌, 하룻밤 욕망의 대상이 아닌, '자신을 죽일지도
모르는 사람 앞에서 당당하게 아름다운 이야기를 펼쳐놓는
주체'로서 거듭난다. 모두가 '죽을 자리'를 발견할 때, 그녀는

자신이 그동안 온실 속의 화초처럼 자라온 세월 동안 갈고 닦은 진정한 이야기꾼의 재능, 예술가이자 창작자이자 작가의 재능을 발휘할 '아레나arena'를 발견한 것이다. 그녀는 그렇게 평범한 '누군가의 딸'에서 '모두를 구원하는 영웅'으로 거듭난다. 이야기의 힘으로, 언어의 힘으로, 나아가 타인의 슬픔을 진심으로 걱정하고 아파하는 아름다운 마음의 힘으로. 모두가 '죽을 자리'를 발견할 때, 그녀는 '삶의 자리'를 발견한다. 죽음을 딛고 일어서는 뜨거운 삶의 자리, 그곳에는 아름다운 이야기, 용기를 잃지 않은 사람들의 끝없는 저항이 꿈틀거리고 있다.

1923 121 ☼ Der Seiltänzer

한국
최초의
여성 화가
나혜석의
세계 여행

　지금은 세계 일주가 사람들의 버킷 리스트 중 하나가 되
었지만, 식민지 시대 여성들에게 세계 여행은 그 개념 자체
가 생소한 것이었다. 당시 여성은 물론 남성도 쉽게 꿈꿀 수
없었던 세계 여행을 1927년에 해낸 여성 화가, 그가 바로 나
혜석이었다. 현대인에게 여행은 여가 생활이나 취미의 일부
가 되었지만, 당시 세 아이의 어머니이자(세계 일주에서 돌아온
뒤 또 한 명의 자녀를 낳아, 나혜석은 네 아이의 어머니가 되었다) 최초의
여성 화가였던 그녀에게 여행은 '삶의 문제를 탐구하는 배
움의 현장'이었다. 당시 화가로서 그리고 작가로서 승승장
구하고 있었던 나혜석은 남편 김우영과 함께 1927년 6월 19
일에 부산을 출발, 중국과 러시아를 거쳐 유럽과 미국을 여
행한 뒤 1929년 3월 12일 조선으로 돌아온다.

세 아이를 시어머니 손에 맡겨둔 채, 무려 1년 9개월에 걸친 세계 여행을 마치고 돌아온 뒤, 나혜석은 몇 편의 여행기를 남겼다. 줄기차게 여행만 한 것은 아니었고 남편 김우영은 베를린에서 법률 공부를 하고, 나혜석은 파리에서 그림을 공부하며 지낸 시간도 있었다. 나혜석의 일거수일투족은 당시의 신문과 잡지를 통해 연일 초미의 관심사가 되었으며, 그만큼 그녀의 세계 일주는 단지 개인적인 여행에 그친 것이 아니라 조선 여성들의 미래를 투영하는 청사진 같은 것이었다.

그녀가 품었던
네 가지 질문

나혜석은 여행을 떠나기 전, 이 세계 일주의 목적이 단지 여행에 있는 것이 아니라 자신이 평생 품고 있던 질문에 대한 답을 찾기 위함이라고 밝혔다. "내게 늘 불안을 주는 네 가지 문제가 있었다. 즉 일, 사람은 어떻게 살아야 잘사나. 이, 남녀 간 어떻게 살아야 평화스럽게 살까. 삼, 여자의 지위는 어떠한 것인가. 사, 그림의 요점이 무엇인가. (…) 이탈리아나 프랑스 화계를 동경하고 구미 여자의 활동이 보고 싶었고 구미인의 생활을 맛보고 싶었다."(「소비에트 러시아행」, 『삼천리』, 1932. 12.) 그녀는 이 네 가지 질문에 대한 해답을 찾는 것이 세계 일주의 진정한 목적이라고 밝혔다. 첫 번째 질문이 '인생의 목적'에 대한 근원적 질문이라면, 두 번째와 세 번째 질문은 '여성으로서의 행복과 자유'를 묻는 질문이고, 네 번째 질문은 '예술가로서의 사명과 이후 활동 방향'에 대한 모색이라고 볼 수 있다. 나혜석은 남녀 관계, 부부 관계가 좀 더 평등해지기를 언제나 원했고, 가사 노동과 농사일에 파묻혀 평생 자신의 인생을 위해 살아갈 시간도 의지도 없는 조선의 여성들이 스스로 자유와 인생을 찾을 수 있는 주체성을 갖기를 원했으며, 예술이 일부 엘리트의 소유물에 그치는 것이 아니라 수많은 사람들의 일상적인 취미가 되기를 바랐다. 그런 문제의식을 마음에 가득 품고 떠났기에 여행은 자신의 질문에 대한 보다 구체적인 해답의 형태를 띨 수 있었다.

1932년 12월부터 1934년 9월까지 『삼천리』에 연재한 「구미유기」는 나혜석의 세계 여행을 압축한 기행문이었다. 중국(안동, 봉천, 장춘, 하얼빈, 만저우리)을 거쳐 러시아(시베리아, 모스크바)를 통과하여 스위스(제네바, 인터라켄, 베른), 벨기에(브뤼셀), 네덜란드(암스테르담, 헤이그), 독일(베를린, 포츠담), 이탈리아(밀라노, 베네치아, 피렌체), 프랑스(파리), 영국(런던), 스페인(산세바스티안, 마드리드, 톨레도), 미국(뉴욕, 시카고, 로스앤젤레스, 샌프란시스코, 하와이), 일본(요코하마, 도쿄)에 이르기까지, 나혜석은 조선 여성의 첫 번째 발자국을 남겼다.

장춘에서 이미 러시아식 건물과 자동차를 구경한 나혜석은, 형형색색의 모자와 살갗이 비치는 옷을 입은 미인들이 활기차게 걸음을 재촉하는 하얼빈에서 이미 반쯤은 서양에 온 듯한 느낌을 받는다. 나혜석이 높은 구두를 신었던 모양인지 사람 머리만 한 커다란 돌이 깔려 있는 길을 걸어 다니기가 힘들다는 표현도 나온다. 송화강 주변에서는 나체로 피서를 즐기는 사람들까지 발견했다. 하얼빈을 지나 만저우리滿洲里로 향하는 여정 위에서는 광활하게 펼쳐진 시베리아의 모습에 매혹된다. 시베리아를 횡단하는 길에서는 수염을 쓰다듬는 몽고인들, 계란과 우유를 파는 사람들을 바라보고, 나혜석은 남편과 함께 빈 통조림통에 기차 보이가 가져다준 꽃을 꽂아놓고 맛있는 음식을 탁자 위에 차려놓은 채 마주 앉아 먹으며 행복한 시간을 보낸다.

　　러시아에 도착해서는 푸시킨의 흔적과 트레티야코프 미술관, 크렘린 궁전을 둘러보고, 드디어 서양 냄새가 물씬 나는 동유럽의 아름다운 나라 폴란드에 입성한다. 이후 프랑스, 스위스, 영국, 이탈리아, 스페인 등을 돌아보며 스케치 여행을 하고 미술관을 둘러보거나 여성들이 살아가는 모습을 주의 깊게 살펴본다. 구미 여행의 종착지는 바로 미국이었는데, 그곳에서 나이아가라 폭포와 그랜드 캐니언 등의 웅장한 자연 풍광을 감상하고, 동서 문명의 접속점이라 할 수 있는 샌프란시스코의 자유분방한 분위기에 흠뻑 빠져보기도 한다. 그러면서도 틈틈이 삶에 허덕이는 고국 동포를 생각하며 애잔한 감성에 젖어 들기도 하고, 이국땅에서 같은 조선인을 만났을 때 조상으로부터 받은 피가 한데 엉키는 듯한 감격을 느껴보기도 한다.

당당한 인간으로서
삶에 대한 갈망

　　　　　　　나혜석이 '조선의 현실'과 '자신의 세계 일주'를 연결시키는 가장 중요한 고리는 바로 '여성의 삶'에 대한 관심이었다. 나혜석은 자신이 만난 미국 여성, 프랑스 여성, 독일 여성 등을 비교하며 그들이 각각 지닌 장점을 예찬하며 닮고 싶어 한다. "여자는 작다. 그러나 크다. 여자는 약하다. 그러나 강하다. 구미 여자는 (⋯) 행동은 분명하고 진취성이 많으며, 행동이 많고 보통 상식이 풍부하여 매사에 총명하다." 자유를 좋아하고 사회적으로 개방적이며, 끊임없이 새로운 대망을 꿈꾸며 활동하는 미국 여성들의 '깨어 있음'이 나혜석을 매혹시킨다. 꽃에 날아드는 호랑나비처럼 풍자의 태도가 민첩한 프랑스 여성은 항상 몸짓과 표정이 활발하여 모르는 사람도 쉽게 사귀고, 아름답고 화사한 말투를 써서 주변을 시원하게 만들며, 가식이나 위선이 없고 우아하다고 느꼈다. 프랑스 여성에게서 나혜석이 배우고 싶었던 것은 그 놀라운 사교성과 화술, 그리고 뛰어난 미적 감각이었다. 독일 여성에게서는 진취성과 적극성을 배우고 싶어 한다. "일 잘하고 무서운 독일 여성은 사물의 진상을 정하는 동시에 크게 노력하여 드디어 위대한 가정 사업을 성취한다. (⋯) 동시에 실용적이다." "구미 여성은 인격으로나 두뇌로나 기술로나 학술상 조금도 남자의 그것보다 결핍이 있지 아니하여 당당한 사람 지위에 있는 것이다." "여성은 이미 남성이 가지지 못한 매력을 가졌다." 인생관과

처세술을 확립한 여성들, 자신이 인간이고 여성임을 자각한
사람들의 주체성과 자율성을 배우고 싶어 했다. "선진인 구
미 여성이여, 우리는 그대를 존경하는 동시에 우리의 지위
를 찾고자 하노라."(「반도 여성에게」, 『삼천리』, 1935. 6.) 나혜석은
일과 사랑, 직업의 성취와 가정의 돌봄을 동시에 해내는 여
성에 대한 무한한 동경을 가졌다. 본인이 그런 삶을 간절하
게 꿈꾸었기 때문이다. 하지만 화가와 작가를 겸하면서 세
아이를 키우고 시어머니를 모시는 것은 결코 쉬운 일이 아
니었고, 무슨 일을 하든 '조선 최초의 여성 화가'라는 식의 타
이틀이 따라다니는 나혜석의 어깨 위에 짊어진 부담은 '조선
의 여성들에게 모범이 되어야 한다'는 사명감이기도 했다.

　무엇보다도 나혜석은 가사 노동의 부담을 줄여 자신의 여
가 활동을 즐기는 서양 여성들의 자유로움을 부러워했다.
저녁이 되면 주부들이 활동사진관, 극장, 무도회장 등으로
가서 여가를 즐기고, 옷도 직접 만들어 입는 것이 아니라 기
성복을 사서 입는 것이 나혜석으로서는 신기한 발견이었다.
매번 옷 솔기를 하나하나 뜯어 번거롭게 빨래를 하고 또 그
것을 매번 다시 꿰매야 했던 조선 여성의 엄청난 가사 노동
의 부담과 비교해보면, 서양 여성의 삶은 자유 그 자체로 보

였을 것이다. 그녀는 "여름이면 다림질, 겨울이면 다듬이질로 일생을 허비하는 조선 부인이 불쌍하다"라고까지 고백한다. 무엇보다도 나혜석이 최고의 모범 답안으로 삼은 것은 프랑스 부인들의 삶이다.

　부인의 가정생활을 말씀하면 (…) 규례가 꼭 째이게 살림살이를 하고 염증이 나지 않고 신산스럽지 않은 생활이 즉 예술이 되고 말았습니다. 남편에게 다정스럽게, 자식들에게 엄숙하게, 친구에게 친절하게, 노복에게 후하게, 가축에게 자비스럽게 구는 데는 감복하지 않을 수 없고, (…) 주인 이하 어린이까지 세숫물도 자기가 떠다 하고 밥 먹고 난 그릇까지 다 각각 부엌에 내다 놉니다. 때때로 떼아트르, 오페라, 시네마 초대장이 오면 개에게 집 잘 보라고 부탁하고 문을 닫아걸고 구경을 갑니다. (…) 오다가 카페에 들어가 차나 음식을 먹고 돌아옵니다. (…) 그리고 남아는 어렸을 때부터 남자란 관념을 넣어주어 조석으로 밥상 볼 때, 식기를 나눠놓는 것, 딸들이 식기를 씻으면 행주질 치는 것, 추운 아침에도 층층대 걸레질을 치게 합니다.

　　—나혜석, 「다정하고 실질적인 프랑스 부인」, 『중앙』, 1934. 3.

여성이 가족은 물론 다른 누구에게나 친절하고 후하고 자비롭게 행동하는 것, 여성이 가사에 구애받지 않고 연극이나 오페라, 영화를 볼 수 있는 세상, 소년들도 아주 어릴 때부터 가사에 적극적으로 참여하는 것. 이 모든 것이 나혜석의 이상을 만족시켜주었다. 그녀는 일과 사랑이 하나 되는 삶, 직업과 가정생활이 충돌하지 않는 세상을 꿈꿨다. 일, 사랑, 가정, 직업, 그리고 예술과 정치까지 그중 어느 하나도 놓치고 싶지 않았다. 여성으로서 행복과 인간으로서 존엄을 동시에 지키고 싶었고, 엄마로서 의무와 아내로서 책임도 소홀히 할 수 없었다. 그렇게 나혜석은 여성이자 인간이자 엄마이자 아내로서 그리고 예술가로서 완전한 행복을 꿈꾸었지만, 현실은 녹록지 않았다. 남편과 오랜 갈등 끝에 이혼하고, 온갖 파란만장한 간난신고를 겪게 되지만, 그렇다고 해서 그녀의 이 기념비적인 세계 일주의 빛이 바래는 것은 아니다. 좀 더 인간답게, 좀 더 활기차고 진취적으로 살아가고 싶었던 꿈, 그 무엇에도 구속당하거나 주눅 들지 않고 살아가고 싶었던 그녀의 꿈은 오늘날 여성들의 꿈이기도 하다. 나혜석의 세계 일주에서 나는 눈부신 자유와 웅장한 비상의 에너지를 본다. 꺾이지 않는 의지와 불굴의 투지, 무엇보다도 삶과 예술이 하나 되는 여행의 유토피아를 발견한다.

여행 에세이,
좀 더
나 자신과
가까워지는
글쓰기

처음『내가 사랑한 유럽 TOP10』출간 제의를 받았을 때 나는 '과연 이 책을 완성할 수 있을까' 하는 두려움이 앞섰다. 무려 100꼭지에 달하는 글을 빠른 시간 안에 집필해야 하는 부담감, 이 책이 지금까지 해왔던 작업과는 사뭇 다르게 보일 것이라는 부담감이 컸다. 하지만 여행기는 내가 오래전부터 꼭 써보고 싶은 글들 중 하나였다. 다른 사람의 글이나 대중문화에 대한 글을 넘어, 나 자신의 삶에 대한 글을 써보고 싶었던 것이다. 그중에서도 지난 10여 년간 매년 한 번씩, 아무리 힘들어도 꼭 다녀왔던 유럽 여행에 대한 나의 열정은 스스로도 이해하기 어려운 기이한 열정이었다. 때로는 내가 열심히 글을 쓰고 강의를 하는 것이 '여행을 떠나기 위한 사전 준비'처럼 느껴질 정도였으니 말이다.

　　나는 문학 평론가이긴 했지만 소재나 장르를 가려가며 글을 쓴 적은 없었다. 그리고 모든 문화 현상과 인문학적 화두에 언제 어디서나 어울릴 수 있는 '문학'이라는 존재 자체의 잡식성이 나를 키워준 팔 할의 에너지이기도 했다. 나는 문학의 잡스러움이 좋았다. 그 어떤 '감당할 수 없는 이야기'도 문학의 용광로에 들어오면 저마다의 온도로, 저마다의 빛깔로 구워져 멋진 작품이 되곤 했다. 내게 문학과 여행은 마음 깊숙한 곳에서는 완전한 동의어였다. 문학도 여행도 인문학도 결국 '타인의 삶'이라는 거대한 거울을 통해 내 삶을 비춰보는 일이었던 것이다. 내가 유럽 여행에 매혹되었던 가장 큰 이유 중 하나도 작가들의 작품이 태어난 장소를 찾아 떠나는 일이 마르지 않는 샘물처럼 글쓰기에 큰 힘이 되어주었기 때문이다.

　　내게는 여행에 대한 이야기를 풀어놓을 만한 공간이 없었다. 아주 잠깐씩 작은 사례로만 이야기할 수 있을 뿐, '문학이 태어나는 공간'에 대한 관심과 열정을 본격적으로 표현할 수 있는 공간은 없었다. 그래서 언젠가는 '문학이 태어나는 장소'에 대한 아무 제약 없는 여행 에세이를 써보고 싶다는 생각을 품었다. 실현될 수 있으리라는 믿음은 없었지만. 글만 열심히 써서 되는 일이 아니라 사진 작업에서부터 현장 답사에 이르기까지 무척 품이 많이 드는 일이고, 출판사가 좋아할 만한 기획이라는 생각은 들지 않았기 때문이다. 지금까지 10여 년 동안 여행을 다녔으니, 앞으로 10여 년은 더 해보고 그때 천천히 써보자는 생각이었다. 내가 예전에 『소통』이라는 책을 내었던 출판사의 주간님은 그런 내 마음을 잘 알고 계셨다. 오래전 '이야기가 태어나는 장소들'에 대한 에세이의 샘플 원고를 보내드린 적이 있었는데, 그때 버려진 원고를 기억해주셨던 것 같다. 기존 여행기와는 완전히 다른 새로운 여행 에세이를 써보는 것이 어떻겠느냐는 주간님의 제안은 오랫동안 잊고 있던 열정의 불씨를 되살렸다. 그날부터 시도 때도 없이 가슴이 떨리기 시작했다. 어떤 특별한 목적도 없이, 그저 내가 좋아서, 마치 무엇에 홀린 듯이 다녔던 그 모든 장소에 대한 이야기보따리를 공식적으로 풀어놓을 소중한 마당이 생겼다는 기쁨 때문이었다.

나이면서 또 다른
나를 만나는 일탈

　　　　　　　　　　나는 철저히 글쓰기에만 집중했
다. 글 외의 다른 요소들은 내가 관여할 수도, 잘 알 수도 없
는 부분이었기 때문이다. 기존 여행기들을 뛰어넘는 여행
기, 좀 더 인문향이 물씬 풍기는 여행기, 읽는 것만으로도 저
절로 공부가 되는 여행기를 쓰고 싶었다. 단순한 여행 정보
가 아니라, 어떤 장소를 향한 깊은 애착을 느껴야만 쓸 수 있
는 그런 글을 꿈꿨다. 그동안 나왔던 내 책들을 읽어본 독자
들은 아실 것 같다. 이 책의 구성이라든지 문체가 예전의 내
책들과 크게 다르지 않다는 것을. 바뀐 것은 '여행'이라는 소
재뿐이었다. 나는 '나다움'을 유지하면서, 그동안 독자들에
게 보여주지 못했던 '또 다른 나'로서 글을 쓰고 싶었다. '나
다움'이란 항상 무엇에 대해 글을 쓰든 문학 또는 인문학적
주제에 대한 관심으로부터 벗어날 수 없는 '나'라는 존재의
구심성이었다. '또 다른 나'란 기존의 나를 벗어나려는 강력
한 원심력이었다. 어떤 글을 쓰기 위해 반드시 '다른 텍스트'
를 봐야 하는 것. 그 평론가의 행복한 의무이자 뼈아픈 굴레
를 가끔은 벗어나고 싶었다.

　여전히 나이면서 어딘가 또 다른 내가 되는 행위. 그것이
바로 내게는 여행이었다. 항상 문학의 씨앗을 가슴에 품고

다니되 문학 아닌 것과 문학인 것의 행복한 접신을 시도하
는 것. 그것이 내가 꿈꾸는 글쓰기, 최대한 나다움을 유지하
면서 나의 틀을 벗어날 수 있는, 나 스스로 아직은 감당할 수
있는 원심력이었다. 남의 농담을 잘 알아듣지 못하는 고지
식함과 아무리 유쾌한 농담을 하며 벗어나려 해도 결코 지
울 수 없는 '나'라는 사람 특유의 고질적 심각함과 진지함. 그
것이 애초의 '나다움'이었다면, 이 여행기에서 내가 꿈꾼 것
은 그런 '나다움'에서 벗어나 유쾌한 일탈을 시도해보는 일
이었다.

　여행지에 가면 나는 나조차도 놀랄 정도로 꽤 다른 사람
이 된다. 몸 전체에서 어떤 밝고 경쾌한 에너지가 샘솟는 것
같다. 여행 중에 아무리 힘든 일이 있어도 하룻밤만 자고 나
면 아침 여섯 시에 벌떡 일어나는 가공할 바지런함. 어떤 순
간에도 웬만하면 서두르지 않고 그림 앞에서나 공원 벤치에
서나 눈부신 절경 앞에서 말없이 한 시간이고 두 시간이고
앉아 있는 굳건함. 서울에서는 그렇게 사람 만나기를 부담
스러워하던 내가 여행만 떠나면 '어떻게 하면 새로운 사람
을 만날까' 궁리한다. 때로는 죽은 예술가나 기원전 사람들
까지도 더 많이 더 깊이 만날 방법을 탐구하는 것. 그것이 나

의 여행이다. 『내가 사랑한 유럽 TOP10』에서 그렇게 '살짝 자발적으로 조증에 걸린 나'를 보여줌으로써 독자들에게 좀 더 친밀하게 다가가고 싶었다. '울증 상태의 나'를 인문학의 프리즘을 통해 가장 진지하게 보여준 책이 『마음의 서재』였 다면, '조증 상태의 나'를 여행이라는 프리즘을 통해 유쾌하 게 보여준 책이 바로 『내가 사랑한 유럽 TOP10』이었다. 전 자가 나에게 '마음껏 심각하고 진지할 수 있는 기회'를 주었 다면, 후자는 나에게 '마음껏 글 속에서라도 뛰놀고 웃을 수 있는 기회'를 준 것 같다. 그리고 그 사이에 『그때 알았더라 면 좋았을 것들』이 있다. 이 책이 없었다면 여행 에세이도 없었을 것이다. 나는 이 책을 통해 어떤 다른 텍스트의 도움 없이도 '나의 삶'이라는 소박한 소재가 그 자체로 충만한 이 야기의 재료가 될 수 있음을 배웠다.

떠나고 싶지만
두려워하는 이들에게

　　　　　　　　나는 좀 더 깊고 짙은 유럽의 향기 를 내뿜는, 좀 더 새로운 창조적 영감을 불러일으키는 여행기를 써보고 싶었다. 여전히 마음은 이미 유럽 열차에 타고 있지만 몸은 아직 한 번도 혼자 국내 여행조차 못 떠나본 분들이 많다. 패키지여행의 달인이지만 막상 혼자서 로마에 가보라고 하면 결코 떠나지 못하는 분들도 많다. 여행은 수없이 다녔지만 여행 안내서에 나오는 정보를 뛰어넘는 창조적인 열정과 보람을 느끼지 못하는 분들도 많다. 그런 분들에게 좀 더 내 마음과 내 몸을 많이 쓰는 여행, 수동적으로 패키지여행의 깃발만 따라다니는 여행이 아니라 본능이 이끄는 대로 마음껏 자신의 가능성을 실험하는 여행의 기쁨을 전해드리고 싶었다.

여행은 그저 쇼핑하듯 장소의 이미지를 소비하는 일회적 관광이 아니라 누구나 도전할 수 있는 창조적 두뇌 활동이라는 것을 내 작은 이야기보따리 『내가 사랑한 유럽 TOP10』에서 보여드리고 싶었다. 출간 이후 꾸준히 독자들에게 사랑을 받은 이 책을 통해 나는 떠나지 않는 순간조차 여행자처럼 생각하고, 마치 늘 여행하는 사람처럼 기쁘게 살아가고, 사소한 일에도 환하게 미소 짓는 법을 배우게 되었다. 책을 준비하기까지는 '이미 여행을 다녀온 사람들의 유럽 이야기'가 꽤 많이 축적되어 있다는 사실을 계속 의식

했다. 그런데 출간 후 학교나 도서관, 문화센터 등 다양한 장소에서 독자와의 만남을 가지다 보니, 아직 우리에게는 '떠나고 싶지만 떠나지 못하는 사람들'이 훨씬 많다는 사실을 알게 되었다. 이미 다녀와 여행을 회고하는 사람보다 아직 제대로 떠나보지 못한 독자들의 두려움과 설렘 섞인 눈빛을 통해 나는 과거의 내 모습을 보았다. 나도 한때 그랬다고, 비행기도 무섭고, 혼자 떠나는 것도 무섭고, 집이 아닌 모든 곳이 낯설고 두려웠다고. 하지만 상상만 하는 두려움보다는 부딪쳐가며 위험조차 즐기는 삶이 더 낫지 않겠느냐고.

더 깊고, 더 따뜻한
여행 에세이를 꿈꾸며

언젠가 한 앳된 기자가 '나를 지탱시키는 원동력'이 무엇이냐고 물었다. 그때 나는 이렇게 대답했다. "아직 가보지 못한 곳에 대한 그리움, 만나고 싶지만 그럴 수 없는 사람에 대한 안타까움, 그리고 아무리 노력해도 결코 이루어지지 않는 것들에 대한 미련과 아쉬움이지요." 정말 그렇다. 여행은 내게 아직 가보지 못한 곳들을 그리워하는 법을 알려주었다. 그리움은 과거를 향한 것만이 아니라 미래를 향한 것일 수도 있음을, 그리움은 타인을 향한 것만이 아니라 아직 살아보지 못한 내 무한한 잠재력을 향한 것일 수도 있음을, 여행은 내게 가르쳐주었다. 아무리 여행기가 좋다고 하더라도, 나의 문학적 글쓰기와 인문학에 대한 관심을 벗어나는 식이었다면 시도조차 하지 않았을 것이다. 문학에 대한 나의 변함없는 짝사랑과 인문학에 대한 본능적인 그리움, 그 두 가지를 여행기 속에 담는 것이 『내가 사랑한 유럽 TOP10』의 숨은 기획이었다.

돌이켜보면 가장 경제적으로 어려웠을 때, 가장 무리해서 떠났던 여행의 추억들이 이상하게도 더욱 그립고 간절하다. 도망칠 수 없는 일상으로부터의 탈출이라는 여행의 본질적 매혹을 더욱 극대화시켰던 것이다. 편안한 삶을 원한다면 여행을 별로 권해드리고 싶지 않다. 남들이 자신이 원하는 대로 움직여주지 않는다고 불평하는 사람에게는 여행을 권해드리고 싶지 않다. 그런 사람은 아무리 여행을 해도 바뀌지 않기 때문이다. 내 힘으로 내 인생을 바꾸기를 원하는 분들에게, 공간을 사랑함으로써 인생을 사랑하는 법을 배우고 싶은 의지가 있는 분들에게, 여행은 진정 의미가 있다.

오래전 비행기에 대한 극심한 공포증을 호소하는 독자를 만났다. 정말 여행을 떠나고 싶은데 비행기만 타면 숨이 막힐 듯한 심각한 고통을 느낀다며, 그래도 할 수 있겠느냐고 물으셨다. 나는 그 순간 이런 분이야말로 꼭 여행을 떠나야 하는구나 싶어 가슴이 먹먹해졌다. 정말 육체적으로 큰 고통을 느끼면서도, 여행을 향한 꿈꾸기를 멈출 수 없는 그분이야말로 '여행이 필요한 시간'의 진정한 의미를 알고 계실 것 같았다. 나는 논리적이거나 의학적인 조언은 해드릴 수 없었지만, 꼭 여행을 떠날 수 있으실 거라고, 일단은 가까운 곳부터 시도해보시라고 말씀드렸다. 여행량은 곧 인생량이라는 격언이 있다. 우리가 여행을 떠날수록, 인생에 게을러지는 것이 아니라 인생 자체에 더욱 깊이 빠져들게 되는 것이 아닐까. 나는 아직도 더 멋진 여행기로 독자의 밤잠을 설치게 하는 그날을 꿈꾼다. 읽는 것만으로 이미 당신을 유럽의 밤 열차에 앉아 있는 듯 꿈결 같은 기분으로 만드는 여행기. 소리 내어 읽기라도 한다면 그 자체로 스스로에게 들려주는 소중한 인문학 강의가 되는 그런 따뜻하고도 긴 울림이 있는 여행기를 쓰고 싶다.

내 인생의
의자들,
공간은
마음을 어떻게
치유하는가

　의자 하면 맨 먼저 떠오르는 것은 무엇일까. 나는 학창 시절 그 불편했던 나무 의자가 가장 먼저 떠오른다. 열심히 공부해야 한다는 의무감 때문에 그저 하염없이 앉아 있기는 했지만, 늘 허리가 아프고 자주 삐걱거렸던, 오래된 교실의 나무 걸상. 아이들의 낙서와 튀어나온 못 자국, 온갖 흉터 자국으로 가득했던 그 의자가 생각난다. 아마 세상에 태어나 가장 처음으로 적응해야만 했던 낯선 장소의 의자였기 때문일 것이다. 질풍노도의 학창 시절을 거쳐 간신히 대학생이 되니, 또 다른 나무 의자가 기다리고 있었다. 전보다 조금 더 매끈해지고 편안해지긴 했지만, 여전히 불편한 대학교의 의자. 당시에는 책상과 의자가 하나로 붙어 있는, 나무와 철재가 함께 어우러진 것들이 많았다. 하지만 그 의자에서 나는 예전과 달리 호기롭게 다리를 꼬아보기도 하고, 아무도 없는 교실에서 꿈꾸는 듯한 표정으로 소설을 읽기도 하면서, 대학생의 낭만을 만끽해보았다. 그 또한 편안하지는 않았지만 입시생이라는 마음의 감옥을 처음으로 탈출하게 해준 해방의 의자였던 것이다.

자유의 달콤한 단맛을 알아버린 뒤, 나는 교실 밖의 더 편안하고 개성 넘치는 의자들을 찾아다니기 시작했다. 커피 한 잔의 향기를 느끼고 감미로운 음악을 듣는 오래된 카페의 푹신한 가죽 의자의 부드러움, 높이가 있어 조금 불편하긴 하지만 쿵쾅거리는 헤비메탈 음악을 듣다 보면 불편함도 삐걱거림도 잊게 되는 하드록 카페의 바 의자, 공강 시간에 노을 지는 하늘을 바라보며 하염없이 친구를 기다리던 인문대 앞 낡은 나무 벤치…… 이제 어른이 되어버린 나에게 의자는 공부하는 장소이기보다는 삶을 더욱 아름답게 연주하기 위한 휴식과 기다림의 공간이 되었다.

인생, 나만의 의자를
얻기 위한 투쟁

어쩌면 우리 인생은 자신에게 꼭 맞는 단 하나의 의자를 찾아가는 기나긴 여정이 아닐까. 학창 시절에는 학교의 의자에서 지내는 시간이 많고, 사회 초년병이 되면 언제 윗사람이 나를 부를지 몰라 노심초사하며 사무용 의자에 앉아서도 안절부절할 때가 많으며, 직급이 올라갈수록 점점 더 편안한 의자에 앉게 되긴 하지만 그만큼 책임감과 부담감도 커지게 된다. 회사원의 의자, 법조인의 의자, 정치인의 의자, 기업인의 의자, 예술가의 의자 등등 저마다 다른 직업을 지닌 사람들은 자신이 머릿속에 그려온 최고의 의자에 앉기 위해 온갖 노력을 다할 것이다. 대학교, 대학원을 '학생'으로 지낸 사람들은 좀 더 오랫동안 '공부하는 의자' 위의 인생을 살고, 일찍부터 취업 전선에 뛰어든 사람들은 '사무용 의자'에 땀띠가 나도록 앉아 일에 몰두하거나 직종에 따라서는 의자에 앉을 여유조차 없이 하루 종일 서서 손님을 상대해야 한다. 내가 진심으로 원하는 의자, 나에게 진정으로 딱 맞는 의자를 찾는 일은 누구에게나 어렵고 고된 일이다.

수많은 특권을 누리고 사는 사람들에게도 원하는 의자를 끝끝내 얻기 위해 벌어지는 투쟁은 험난하기 이를 데 없다.

런던 테이트 모던 미술관의 아름다운 벤치. 의자가 단지 편리한 가구가 아니라 그 자체로 예술 작품이 될 수도 있음을 보여주는 멋진 의자다. 저런 의자를 보고 있으면 '나도 앉고 싶다'는 생각보다도, '저 의자를 만든 사람은 얼마나 멋진 사람일까'를 상상해보게 된다. 이렇듯 그 자체로 작품이 되고, 장소가 되고, 영감의 원천이 되는 의자가 있다.

드라마 「왕좌의 게임Game of Thrones」에서는 피와 눈물로 얼룩진 '철왕좌'를 쟁취하기 위해 목숨과 의리는 물론, 가족과 사랑까지도 내팽개치는 인간 욕망의 잔혹성이 가감 없이 펼쳐진다. '내 인생의 의자'를 얻기 위한 투쟁이 지나치게 과열된 나머지, 자기 마음에 꼭 드는 의자를 미처 얻기도 전에 인생에서 가장 소중한 가치들을 포기해버리는 사람들이 속출한다. 자신의 아들과 딸을 죽인 사람들에게 복수하기 위해 명예와 정의감은 물론, 사랑과 양심까지도 한꺼번에 내팽개치는 세르세이의 철왕좌 쟁탈전은 과연 인간에게 권력이라는 이름의 상징적 의자란 어떤 의미를 가지는지 성찰해보게 만든다. 인생에서 우리가 진정으로 앉아야 하는 의자는 무엇일까. 그것은 권력, 돈, 명예, 인기 등을 약속하는 화려한 의자일 수도 있겠지만, 이를 얻기 위해 자신에게 소중한 모든 것들을 버려야 한다면 그것은 가시방석이자 또 하나의 마음의 감옥이 아닐까.

「왕좌의 게임」은 가상의 시공간을 배경으로 하고 있지만 시공간을 초월하여 모든 시대와 장소에서 공통된 인간의 욕망을 암시한다. 바로 권력을 향한 끝없는 집착을 실현하기 위해 모든 것을 바치는 인간의 광기 어린 집념이다. 「왕좌의

런던 대영 도서관의 현관 입구에 놓여 있는 의자. '단단하고도 차가운 쇠로 만들어진 의자가 이렇게 편안할 수 있다니' 하는 놀라움을 안겨준 의자였다. 푹신하지는 않지만 든든한 느낌과 '책 모양을 한 의자' 위에 앉아 있으니 저절로 공부가 되는 느낌을 동시에 주는 멋진 의자였다. 왠지 저기에 앉으면 공부가 잘 되고 글도 잘 써질 것 같은 행복한 판타지를 느끼게 해주는 의자다.

게임」에서 왕좌throne는 편안하게 휴식을 취하는 치유의 공
간이 아니라 온전히 '권력의 메타포'로 기능한다. 그토록 많
은 사람들이 목숨까지 잃어가며 그 최고 권력의 자리가 얼
마나 허무하고 비극적인 결말을 예고하는지를 증명한 뒤에
도, 인류의 역사 속에서 면면히 이어져 내려온 절대 권력을
향한 원초적 욕망의 드라마는 끝난 적이 없다. 권력의 상징
으로서의 의자는 편안하고 달콤해 보이지만 실은 엄청난 희
생과 대가를 요구하는 셈이다.

치유와 휴식
열림과 뜨임의 의자

                                   나는 권력과 지위를 얻기 위한 투
쟁의 비애와 허무를 깨닫고 난 뒤, 남들보다 조금 일찍 '권력
의 상징'으로서의 의자가 아닌 '치유와 휴식'으로서의 의자
에 깊은 관심을 갖게 되었다. 어린 시절부터 나는 조직 생활
에 적응할 수 없는 사람임을 직감했다. 출세와 성공, 인정과
칭찬은 어딘가 불편하고 몸에 맞지 않는 옷처럼 느껴졌다.
나는 권력보다는 자유에 목마른 존재였다. 권력의 핵심으로

다가가는 인생 역전의 스릴과 서스펜스보다는 자기 안의 숨겨진 가능성을 찾아 끝없이 스스로를 새롭게 단련하는 예술가들의 삶에 매혹되었다. 나는 더 높은 자리에 올라가 더 많이 칭찬받기보다는, 혼자만의 창작에 몰두할 수 있는 나만의 작은 의자를 갈구했다. 지독한 업무와 피곤한 감정 노동에 치인 날에는 버스나 지하철에 제발 '의자'가 남아 있기를 바라는 마음이 간절해지고, 속상한 일이 너무 많아 아무도 모르는 곳에 가서 하루 종일 울고 싶어지는 날이면 내 방의 낡은 소파의 품에 쏙 안겨 얼른 무너져버리고 싶은 생각이 들었다. 내게는 권력의 의자보다는 휴식의 의자가, 성공의 의자보다는 치유의 의자가 더욱 절실했던 것이다.

나는 지난 10여 년간 배낭여행 중독자로 살아오면서, 방학이나 휴일만 되면 일단 무턱대고 짐부터 꾸리고 보는 방랑자의 삶을 꿈꾸었다. 그러면서 나 자신의 새로운 모습들을 알게 되었다. 내가 성공의 의자보다 치유의 의자를 꿈꾸는 사람이라는 것, 조직 생활에서 인정받지 못해 괴로운 것이 아니라 조직 생활 자체에 흥미가 없는 사람이라는 것을 깨달았다. '일상의 의자'(업무 공간의 의자, 회의석상의 의자 등등)를 박차고 일어나 '여행자의 의자'(끊임없이 움직이는 동선 속에서 만

피렌체 산타 크로체 광장 앞의 벤치. 돌로 만들어졌음에도 차가운 느낌이 들지 않고, 오히려 따뜻하고 든든한 느낌을 주는 의자였다. 르네상스의 기적을 이룬 도시답게 피렌체 곳곳에는 아름답고 튼튼하며 모두를 향해 활짝 열린 벤치들이 많았다. 행복한 도시는 이렇게 마음껏 쉴 수 있는 의자가 지천으로 널려 있는 도시가 아닐까.

나는 기차 안의 의자, 공원의 벤치 등등)로 옮겨 앉자, 나도 몰랐던
나의 뜻밖의 모습들이 끝없이 펼쳐졌다. 나는 안정이나 과
시보다는 자유와 고독을 택하는 사람이었다. 그래도 전혀
주눅 들지 않을 용기가 있었다. 일상의 의자에 푹 빠져 지낼
때는 몰랐다. 내가 그 모든 의자들, 즉 학교의 의자, 회사의
의자, 누군가와 '미팅'을 해서 일을 진행해야 하는 의자를 철
저히 떠났을 때 더욱 행복해질 수 있는 사람이라는 것을. 일
상의 의자를 벗어나서도 또 하나의 새로운 세계가 열리고,
그 새로운 열림과 뜨임의 세계 속에서 나는 안정보다 더 나
에게 어울리는 가치를 찾아 떠날 수 있는 용기가 있다는
것을.

　　나는 이제 고정된 의자에 앉아 안락함을 즐기는 삶을 원
하지 않는다. 나는 이제 모두를 위해 열린 의자에 깊은 관심
을 갖게 되었다. 배낭여행을 하다 보면 오랫동안 걷고 또 걸
어 지칠 때가 많은데, 그럴 때 이 세상 모든 여행자들을 차별
없이 받아주는 공원 앞 벤치를 발견하면 그렇게 반갑고도
고마울 수가 없었다. 의자는 내게 단지 가구가 아니라 '장소'
다. 의자에 앉는 순간, 그 조그마한 가구는 내 온 존재를 받
쳐주는 장소가 되어 나를 감싼다. 아름다운 의자는 존재를

당당하게 받치는 기둥이며, 존재를 따스하게 감싸는 안식처
가 되어 앉는 이의 마음을 행복하게 해준다. 세상 속에서 나
만의 의자, 나에게 꼭 어울리는 의자를 찾지 못해 끊임없이
세상 밖으로 떠돌던 나. 그러던 내가 진정으로 목말라하는
것은 권력이나 지위를 상징하는 힘센 자들의 고급스러운 의
자가 아니라, 어떤 사람이든 아무런 차별 없이 고스란히 존
재 전체를 받아들이는 모두에게 열린 의자였음을 마음 깊이
깨달았다.

모두를 껴안는
길거리의 벤치처럼

그때부터 나의 '벤치 찾아 3만 리'
가 시작되었다. 어딜 가든 사람들에게 편안한 휴식이나 성
찰의 여백을 안겨주는 의자라면, 열심히 사진을 찍고 그 의
자가 주는 다양한 느낌을 글로 메모해두기 시작했다. 미술
관이나 박물관에서 그저 유명한 그림이 아니라 '내 마음의
문을 두드리는 그림'을 찾는 법을 배우기 시작했고, 감동적
인 그림 앞에서 몇 시간이고 앉아 있기 위해 의자를 두리번

스위스 취리히 미술관에서 모네의 그림을 감상하는 사람들의 모습. 이 의자는 자리를 많이 차지하지 않으면서도 관람객들이 오랫동안 모네의 「수련」을 자유롭게 감상할 수 있는 여유와 휴식을 선물했다.

거리며 찾기 시작했다. 마음의 문을 두드리는 작품 앞에서 하염없이 있으려면 맨바닥에 앉기는 곤란했으니까. 그러면서 의자에 앉아 수백 년 전의 그림과 대화하는 시간의 매력을 알게 되었다. 오래오래 앉아 있어도 불편하지 않은 의자, 어느 한 사람을 위한 독점과 소유의 의자가 아니라 누구든 그 위에 앉아 예술의 아름다움을 거침없이 감상할 권리를 누릴 수 있는 편안한 의자가 있는 곳이 바로 훌륭한 박물관이 아닐까.

인간에게는 광장의 의자와 밀실의 의자가 동시에 필요하다. 집 바깥에서는 많은 사람들 속에서 조화롭게 어울려 앉을 광장의 의자가 필요하고, 집 안에서는 누구에게도 방해받지 않을 권리를 실현할 밀실의 의자가 필요하다. 인간은 모두에게 활짝 열린 개방형 의자도 필요하지만, 그에 못지않게 아무도 나를 볼 수 없는 고독한 시간에 스스로에게 온전히 몰두할 수 있는 은밀하고 사적인 의자도 필요하다. 나는 몇 년째 '나에게 꼭 맞는 집필용 의자'를 물색하고 있지만 아직 찾지 못했다. 몇 번이나 꽤 괜찮아 보이는 의자를 구매하고 사용도 해보았지만, '아, 이것이 내 인생의 의자다!' 싶은 의자는 발견하지 못해 이 의자 저 의자를 집 안에서도 유랑민처럼 옮겨 다니며 글쓰기를 계속하고 있다. 모두가 앉을 수 있는 열린 '광장의 의자'도 중요하지만, 집에 돌아왔을 때 피곤한 몸을 의탁할 의자, 침대라는 완전한 휴식 공간과는 달리 밥도 먹고 일도 할 수 있으며 가족들과 대화도 나눌 수 있는 '방 안의 의자'도 중요하다. 우리에게는 광장의 의자와 밀실의 의자 모두를 아름답게 가꾸고 그 곳에서 인생의 행복을 향유할 권리가 있다.

공공사업의 일환으로 만들어진 벤치조차 그 자체로 훌륭한 예술 작품이 되는 경우가 있다. 얼마 전 머나먼 중남미 여행을 떠났다가 멕시코시티의 거리에서 나는 아름다운 벤치 하나를 발견했다. '의자는 의자다워야 한다'는 고지식한 발상을 뛰어넘는, 가구가 아닌 곧 사람처럼 보이는 신기한 의자였다. 이 금빛 벤치는 사람들이 서로에게 기댄 형상을 본뜬 것으로서 의자이면서 사람 같았고, 무생물이면서 생명체 같았으며, 매우 실용적 가구이면서 동시에 더없이 재치가 넘치는 예술 작품이었다. 그 다채로운 매력 덕분에 보는 사람, 앉는 사람, 사진 찍는 사람 모두가 즐거워지는 흥미롭고 매혹적인 의자였다. 우리가 살아가는 공간에도 이렇게 유머러스하고 따스한 의자들이 많아졌으면. 그리하여 지친 사람

들이 어디에서든 쉽게 마음의 휴식을 취할 수 있는 '피난처
로서의 의자'가 되어주었으면. 마음을 어루만지고, 받아내
고, 마침내 온몸으로 껴안는 공간들이 있다. 나에게는 편안
한 의자가 있는 공간들이 특히 그렇다. 내 꿈은 모두를 향해
한껏 팔을 벌린 편안한 의자 같은 작가가 되는 것이다. 지치
고 힘든 사람 누구나 앉을 수 있는, 아름다운 공원의 벤치 같
은 사람이 되고 싶다.

사진 | 이승원, 작가이자 '월간 정여울'의 기획위원이다. 저서로『공방예
찬』,『사라진 직업의 역사』,『저잣거리의 목소리들』등이 있다.

멕시코시티에서 발견한 아름다운 의자. 의자의 모양 자체가 사람들이 서로에게 기대고 있는 정겨운 모습을 닮았다. 워낙 인기가 많아, 여기에 앉으려면 일단 근처를 서성거리며 꽤 기다려야 한다. 이렇듯 길거리에 온전히 개방된 의자, 휴식과 치유를 선물하는 의자는 사람들에게 원초적으로 어필한다. "여기 앉아보세요. 그렇게 힘들게 서성거리지 말고 일단 한번 앉아보시라니까요." 이렇게 속삭이는 듯한 의자들이 있다.

함께 앉을 수는 없지만 그 자체로 예술이 되는 의자가 있다. 빈센트 반 고흐가 살았던 작은 마을, 누에넨에는 바로 그런 의자가 있다. 고흐의 걸작「감자 먹는 사람들」의 풍경을 그대로 재현한 의자이자 조각상. 맨 앞에 놓인 의자는 '고흐가 감자 먹는 사람들을 바라보았던 각도'로 이 세상을 바라볼 수 있도록 관람자를 위해 만들어진 것이다. 나는 그 자리에 차마 앉지는 못하고 옆에 서서 조용히 바라보았다. '고흐의 의자'를 상상하며 이 작품을 보니 비로소 더욱 소중한 것들이 보이기 시작했다. 힘겨운 노동을 마치고 지극히 소박한 식탁 위에 앉아 감자를 나눠 먹으며 마치 세상에서 가장 맛있는 진수성찬을 마주한 것처럼 행복해하고 감사해하는 사람들의 눈부신 축복의 눈빛이 보이기 시작했다.

우리가
한눈파는
동안
스쳐 가는
세상의
아름다움

　얼마 전 아주머니 한 분이 스마트폰을 열심히 보며 걷다
가 내 어깨를 정말 세게 부딪치고 가셨다. 정말 아팠지만 나
도 모르게 "죄송합니다!"라는 말이 먼저 튀어나왔다. 생각해
보니 내가 잘못한 것이 아니었다. 나는 저쪽에서 휴대전화
를 만지작거리며 전방 주시에는 전혀 관심 없는 사람을 보
고 있었고, 최대한 길을 비켜주려 했으나 휴대전화를 보면
서도 매우 빠른 속도로 걷는 그녀의 저돌적인 몸놀림을 미
처 피하지 못한 것이다. 거리를 걷다 보면 이와 비슷한 순간
을 꽤 자주 맞닥뜨린다. "저 여기, 사람이 있습니다!"라고 소
리치고 싶은 순간, "앞을 좀 보시면 안 될까요?"라고 묻고 싶
은 순간. 우리가 서로를 조금 더 신경 써서 관찰해야 하지만,
바쁘다는 핑계로 또는 그저 스마트폰을 내려다보느라 스쳐
지나가 버리는 순간들, 사람들, 풍경들. 우리는 늘 새로운 아

이디어에 목마른 삶을 살고 있지만, 사실 진짜 필요한 것은 참신한 아이디어가 아니라 지금 우리가 살고 있는 세상에 대한 신중한 관찰이 아닐까.

　이런 생각을 하고 있을 때쯤 반가운 책을 만났다.『관찰의 인문학』은『개의 사생활』이라는 흥미로운 책으로 미국 독자에게 전폭적인 지지를 받은 심리학자 알렉산드라 호로비츠의 에세이다. '본다는 것'은 무엇인지에 대한 철학적 에세이인 이 책은 '같은 길을 걷더라도 전혀 다른 풍경을 바라보는 법'을 들려준다. 저자는 늘 똑같기만 해 보이던 평범한 동네 산책길을 때로는 반려견이나 어린 아들과 함께, 때로는 시각장애인이나 일러스트레이터와 함께, 때로는 곤충학자나 도시사회학자나 물리치료사와 걷고 또 걸으며, '같은 길을 다르게 관찰하는 법'을 배운다. 어린 아들과 길을 걷는다는 것은 때로 '걷지 않는 것'을 의미했다. 아이는 걸핏하면 멈춰 서서 '새로운 것'을 관찰하는 버릇이 있기 때문이다. 어른들은 별로 대수롭지 않은 사물로 인식하는 모든 것을, 아이들은 온 신경을 집중해 관찰하고 만져보고 심지어 먹어보려 한다. 우리는 셜록 홈스처럼 추리력이 뛰어난 사람을 보면 저 사람은 '천재일 거야'라고 생각하지만, 사실 반드시 그런

것은 아니다. 엄청난 지능을 뽐내는 것처럼 보이는 사람들은 사실 '남다른 관찰력'을 가진 사람일 경우가 많다.

보고 있어도
제대로 보지 못하는

우리는 '눈으로는' 보고 있지만 '마음으로는' 보고 있지 않는 경우가 많다. 그저 스쳐 지나갈 뿐 충분히 주시하고 관찰하고 배려하지 않는 것이다. "우리는 보지만, 제대로 보지 못한다. 우리는 눈을 사용하지만, 시선이 닿는 대상을 경박하게 판단하고 스쳐 지나간다. 우리는 기호를 보지만 그 의미는 보지 못한다. 남이 우리를 보지 못하게 하는 게 아니라 우리 스스로 보지 못하는 것이다."

만화가 제임스 서버는 성인이 된 후 시력을 잃었지만 손가락 사이로 연필을 움직이며 보지 않고 그리는 기술을 익혀 그의 트레이드마크인 얼굴이 긴 사냥개 캐릭터를 계속해서 그릴 수 있었다. (…) 올리버 색스의 책에는 사람들의 몸에서 나는 냄새에 극도로 민감해진 의사가 한 명 등장한다. 그는 체취는 물론 우리 몸에 묻어 있는 로션, 비누, 세제의 향기, 나아가 걱정스럽거나 불행할 때 몸에서 나는 냄새마저 맡을 수 있다.

— 알렉산드라 호로비츠, 박다솜 옮김,

『관찰의 인문학』, 시드페이퍼, 2015, 250~251쪽.

우리는 집중력이 중요하다고 배우지만, 그리하여 조금이라도 주의가 산만한 아이들에게는 걱정스러운 시선을 보내지만, 집중이 반드시 효율적인 것만은 아니다. 어떤 정보에 집중함으로써 우리는 그 밖의 것들을 쉽게 놓치기도 하기 때문이다. 집중이라는 것은 '내가 주의를 기울이지 않는 대상'을 배제하는 작업이기도 하다. 이런 심리학 실험이 있다. 피험자들의 미션은 영상으로 농구 경기를 보면서 팀별로 패스 숫자를 세는 것이다. 그런데 이 실험에서 심리학자들이 보고자 한 것은 사실 다른 것이었다. 농구공에 주의를 기울이던 사람들에게 한 질문은 '경기 중에 특이한 것을 보진 못했는가'였다. 알고 보니 고릴라 분장을 한 사람이 요란스럽게 춤을 추고 가슴을 두드리며 경기장을 활보했지만, 피험자의 반 이상은 패스 개수를 세느라 고릴라 분장을 한 사람을 포착하지 못했다.

　이렇듯 아무리 눈에 띄는 존재라도, 우리가 '주의'를 기울이지 않으면 보이지 않는다. 관찰은 세상을 파악하는 기술일 뿐 아니라 세계를 '편집'하는 기술인 것이다. 관찰의 기술은 곧 우리 몸의 감각을 확장하는 지혜이며, 우리 두뇌의 활동을 심화하는 결정적인 열쇠이기도 하다.

　우리 몸이 확장되면 놀랍게도 뇌에서도 주변 공간이 확장된다. 모자를 처음 쓰면 낮은 문으로 들어설 때마다 머리를 부딪치겠지만 하루 종일 모자를 쓰고 있으면 곧 그런 실수를 하지 않게 된다. 젓가락을 꾸준히 사용하면 뇌는 젓가락을 손가락의 확장으로 여긴다. 야구 선수의 뇌는 야구 배트를 손의 확장으로 경험하고, 트럼펫 연주자는 트럼펫을 몸의 부속품이나 다름없이 생각한다. 또 지팡이를 오래 사용한 시각장애인은 운동선수나 음악가처럼 고유한 기술을 갖게 된다.

　― 알렉산드라 호로비츠, 앞의 책, 257~258쪽.

휴대전화에
갇혀 살다가는

각종 미디어는 우리로 하여금 '더 잘 보고, 더 잘 느끼고, 더 많이 알게 하기 위한 도구'임을 자처하지만, 미디어에 중독된 신체는 오히려 미디어의 매트릭스에 갇혀 자신의 몸이 느낄 수 있는 자극조차 감지하지 못한다. 휴대전화를 계속 주시하면서 길을 걷는 것이 위험한 이유는 바로 그 '도구'의 빛과 소리에 집중하느라 우리가 타인에 대한 배려를 할 수 없게 되기 때문이다. 게다가 함께 이야기하다가 자꾸만 휴대전화를 곁눈질하거나, 손으로는 문자 메시지를 보내면서 눈으로는 앞의 사람을 보는 '신공'을 발휘하는 사람들을 보면 웃음이 나오기도 하고 서운한 마음이 들기도 한다. 휴대전화를 주시한다는 것은 바로 눈앞에 있는 사람을 배려하지 않는 행동이기도 하고, 눈앞의 훨씬 많은 정보를 '관찰'하지 않음으로써 소중한 많은 것을 놓치는 행위이기도 하다.

특히 몸이 불편한 사람이나 시각장애인이 길을 걸을 때, 많은 사람이 휴대전화를 주시하고 있으면 보행자끼리 충돌

사고를 일으킬 확률이 높아진다. 『아내를 모자로 착각한 남자』로 잘 알려진 작가 올리버 색스는 한쪽 눈의 시력이 극도로 떨어졌을 때 수많은 사람이 휴대전화에 정신을 팔고 다니는 거리를 돌아다니는 것이 너무도 힘들었다고 한다. 휴대전화를 보는 행위는 시각만을 제한하는 것이 아니라 세상을 좀 더 따뜻하게 살아가는 마음의 여유마저 빼앗아간다. 휴대전화에 정신을 빼앗기게 되면 건강한 사람들도 '앞에 있어도 보지 못하고, 바로 곁에 있어도 듣지 못하는' 상태가 된다. 타인을 배려하는 감수성을 잃어버리게 만든다는 것이 휴대전화의 치명적인 위험이다.

관찰, 넓고 깊은
마음 챙김의 기술

주변을 세심하게 관찰하는 것은 결코 시간 낭비가 아니다. 주변의 존재를 더욱 세밀하게 인지하는 것은 감각을 확장함으로써 이 세상을 더욱 깊고 넓게 느끼는 방법이다. 셜록 홈스가 추리의 천재이기에 앞서 '관찰의 마니아'였듯이, 우리도 '멋진 아이디어'라는 결과를 얻기 전에 더 깊고 신중하게 관찰하는 시간을 가져야 하지 않을까. 최근에 나는 관찰이라는 행위 자체에 치유의 힘이 있음을 발견했다. 얼마 전, 알 수 없는 충동에 이끌려 오랜만에 연필과 수첩을 준비해 다니면서 눈앞의 사소한 사물들을 그리기 시작했다. 평범한 아이스 아메리카노 잔을 그리는 데도 엄청난 노력이 필요했다. 그저 단순한 컵 모양으로만 보이던 휴대용 플라스틱 컵에는 알고 보니 무려 다섯 줄의 미세한 홈이 파여 있었다. 홈 파인 플라스틱을 그리는 작업이 어찌나 어려운지 나도 모르게 대상을 '보이는 대로'가 아니라 '그리기 쉬운 쪽'으로 왜곡하고 있었다. 그런데 컵 하나를 그리는 동안 이상하게도 마음이 편안해졌다. 무언가를 오래오래 관찰하는 일은 급박한 상황, 황당한 상황을 '이해 가능한 것'으로 만드는 마음 챙김의 기술이기도 하다. 상황을 지나치게 빨리 간파하고 즉시 행동하면 일을 그르칠 위험이나 감정에 사로잡힐 염려가 많아진다. 상황을 좀 더 오래 관찰하고 내 마음을 들여다보면 굽이치던 감정은 가라앉고 뜻밖의 지혜가 떠오르기도 한다. 관찰력은 세상을 더 깊이 이해하는 지름길이다. 무언가를 깊이 오래 관찰한다는 것, 그것은 세상을 사랑하는 멋진 방법이자 감정의 격랑을 다스리는 훌륭한 치유의 기술이다.

1930 K 7   Ruhendes

아주 작은
존재가
내는
뜻밖의
커다란
목소리

어느 틈에

팔 안쪽 한곳이 도도록하게 부어오르고

자세히 들여다보이는 작은 구멍이 나 있다

모기의 침의 굵기만큼의 구멍이다

아주 조금, 한모금만이었을까

아니면 욕심껏 꿀꺽꿀꺽 마셨을까?

침도 조그만 작은 모기가

나를 최면에 걸었던 것일까? 빨리는 동안

전혀 알지 못했다

독액을 주입하고 피를 마신 다음

모기는 날아가버렸다

푸른 핏줄이 비치는 살 위로

가려운 붉은 기운이 미칠 듯 달려가고

살을 긁으면
곧 실핏줄들이 터져 붉은 점투성이의 얼룩이 진다

작은 모기에게
내 몸은 고기의 산, 피의 강이겠지
그러므로 모기는 나를 사랑하겠지
깨물기 연한 살과 진하고 깨끗한 즙
먹고 싶을 때 팔을 내주는 온순한 애인

그래, 적어도 나는 모기에게는
완벽한 애인이 될 수 있겠군.

— 양애경, 「모기가 내 팔을 물었을 때」,
  『바닥이 나를 받아주네』, 창비, 1997, 8~9쪽.

아주 사소한 것들이 불현듯 간절하게 말을 걸어올 때가
있다. 비 온 뒤 맑게 갠 하늘 아래 가로수들이 영롱하게 빗방
울을 머금고 있을 때, 나무들은 제각기 지닌 알싸하면서도
쌉싸름한 향기를 뿜어내며 나에게 이렇게 소리치는 것 같

다. "나 여기 있어요. 그렇게 빨리빨리 앞만 보고 걸어가지 말고 길가에 붙박여 꼼짝 못 하는 우리를 가끔 들여다봐 주세요." 나무들은 비 온 뒤에 훌쩍 자라나 얼마 전과는 전혀 다른 말끔한 모습으로 해맑게 웃고 있다. '매일 지나치면서 이 나무가 이렇게나 훌쩍 자란지도 몰랐구나' 하는 반가움과 애틋함에 가슴이 시려온다. 내가 무심히 지나치던 존재들이 문득 커다란 목소리로 말을 걸어올 때, 내 마음은 예전보다 훨씬 크고 깊고 다정해진다.

그런데 이렇게 조용하고 달콤하게 말을 걸어오는 존재가 있는가 하면, 아주 따끔한 고통으로 떠들썩하게 말을 걸어오는 존재도 있다. 불시에 인간의 몸으로 침입해오는 아주 작은 존재들, 바로 모기다. 모기의 공격은 워낙 교묘하고 세련되어 도무지 종잡을 수가 없다. 물리는지도 모른 채 몇 방을 물리고 나서야 다리에 피가 나도록 긁어대며 가려움에 몸서리치게 된다. 그토록 자그마한 존재가 이토록 커다란 불편과 고통을 가져다줄 수 있다니. 그러면서 나는 마치 조그마한 생쥐 제리에게 매번 당하면서도 그를 한 번이라도 이겨볼 뾰족한 묘안을 찾아내지 못하는 커다란 고양이 톰의 심정이 되어 무력하게 물파스를 찾곤 한다. 모기에 물릴 때마다 나는 '이렇게 커다란 내가 이토록 작은 존재에게 꼼짝 못 하다니'라는 당혹스러움에 사로잡힌다. 무심히 스쳐 가던 사소한 것들이 갑자기 커다란 목소리를 낼 때, 나는 잠시 일상의 쳇바퀴를 멈추고 몸도 마음도 쉬어가는 시간을 가져 보고 싶어진다. 익숙했던 세상이 갑자기 다른 모습으로 다가오기 시작하는 것이다.

양애경 시인은 「모기가 내 팔을 물었을 때」라는 시에서 모기에 물린 순간의 당혹스러움을 아름다운 깨달음의 순간으로 승화시키고 있다. "어느 틈에 / 팔 안쪽 한곳이 도도록하게 부어오르고 / 자세히 들여다보이는 작은 구멍", "모기의 침의 굵기만큼의 구멍", 그것이 세상을 새롭게 바라보는 창이 된다. 시인은 상상의 나래를 펼치기 시작한다. 모기는 과연 내 피를 얼마큼이나 빨아 먹었을까. 내 피를 마실 때 "아주 조금, 한모금만이었을까", "아니면 욕심껏 꿀꺽꿀꺽 마셨을까?" 왜 우리는 매번 모기에게 모르는 사이에 당하는 것일까. 모기에게 최면을 거는 능력이라도 있는 것일까. "침도 조그만 작은 모기가 / 나를 최면에 걸었던 것일까? 빨리는 동안 / 전혀 알지 못했다." 작은 따가움, 작은 간지러움을 느끼기 시작한다면, 이미 모기가 날아가 버린 후다. 우리의 감각은 항상 모기보다 늦다. 마치 마취제를 놓듯 독액을 주입한 뒤, 피를 꿀꺽 마시고, 사뿐히 날아가 버리는 모기.

　모기가 사람의 피를 마시는 시간은 극히 짧지만, 그 흔적은 꽤 오래간다. 사나흘, 심하면 일주일까지 물린 자국이 없어지지 않을 때도 있다. "푸른 핏줄이 비치는 살 위로 / 가려운 붉은 기운이 미칠 듯 달려가고 / 살을 긁으면 / 곧 실핏줄들이 터져 붉은 점투성이의 얼룩이 진다." 시인은 살을 박박 긁으면서 비로소 '모기의 입장'에서 이 상황을 생각해본다. 그토록 작은 모기에게, 내 몸은 아주 거대한 고기의 산, 피의 강처럼 보이겠지. 아주 풍요로운 식량 창고, 커다랗지만 의외로 둔한 몸. 모기에게 내 살과 피는 얼마나 연하고 달콤한 존재, 사랑스러운 존재일까. "그러므로 모기는 나를 사랑하겠지 / 깨물기 연한 살과 진하고 깨끗한 즙 / 먹고 싶을 때 팔을 내주는 온순한 애인." 모기에게 나는 온순한 애인처럼, 어떤 부탁이든 다정하게 들어주는 착한 애인처럼, 아낌없이 뭔가를 주는 존재이겠지. 이렇게 생각하니 시인은 가려움도 잊고, 당혹스러움도 잊고, 이런 깨달음에 도달한다. "그래, 적어도 나는 모기에게는 / 완벽한 애인이 될 수 있겠군."

　모기가 시인의 몸에 남기고 간 그 미칠 듯한 가려움의 흉터가 아니었다면, 시인은 이런 깨달음에 도달하지 못하지 않았을까. 모기는 얼마나 날카로운 아픔으로 시인의 마음을 건드렸기에, 시인은 이토록 달달한 깨달음에 이르렀을까. 생각해보니 나 또한 모기에게는 자신도 모르게 온순한 연인이 되어주었는데, 정작 사랑하는 사람에게는 좋은 연인이 되어주지 못한 것 같기도 하다. 우리에게는 평소에 들리지 않는 소리를 귀 기울여 듣는 시간이 필요하다. 더 예민하게, 더 세심하게, 아주 작은 존재의 아주 커다란 목소리를 듣는 시간이 필요하다. 이렇게 작은 존재가 이토록 커다란 울림을 주는 시간, 이토록 사소한 존재가 눈부신 깨달음을 선사하는 시간을 기다리며.

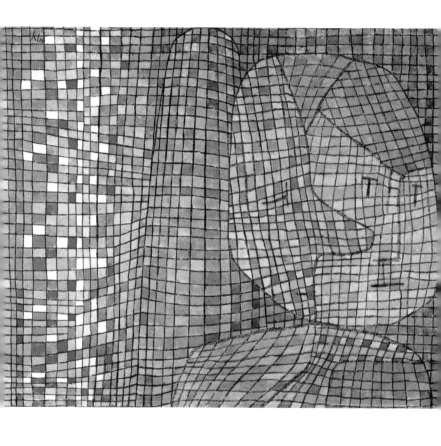

여울과의
만남

관계학
상담소

　우리는 어딘가 닮은 데가 있는 사람들인 것 같다. 모여보
니 첫눈에 그 닮음을 알아볼 것 같았다. 열 명 남짓의 '월간
정여울' 정기 구독 회원들과 함께한 모임에서 우리는 서로
의 미묘한 닮음을 한눈에 알아볼 것 같았다. 하는 일도 다르
고 나이도 취향도 다르지만, 게다가 그날 모두 처음 만난 사
람들이었지만, 우리는 '월간 정여울'이라는 공통분모를 통
해 삶의 따스함, 글 읽기와 글쓰기의 소중함, 그리고 감성이
메마른 세계에 대한 안타까움을 공유하고 있었다. 독자들과
함께 삶에 대한 고민을 나누기도 하고, 인문학과 글쓰기, 그
리고 인간관계에 대한 질문과 대답을 나누기도 한 이날. 우
리는 단번에 '그들'에서 '우리'가 되었고, 멀리 떨어져 있어도
뭔가 아스라한 감수성의 끈으로 이어져 있는 듯한 연대감을
느꼈다.

자기소개를 간단하게 할까요? 저는 정여울입니다. 글을 쓰며 살고 있고요. 이렇게 독자 여러분과 식사를 하며 가까이에서 갖는 모임은 처음이라 떨리지만 반갑습니다.(웃음) 오늘 모임의 콘셉트는 그냥 수다라기보다 주제가 있으면 좋을 것 같아 '관계학 상담소'로 잡아보았습니다. 인간관계에 대한 질문도 좋고, 세상과 나와의 관계, 직업과 나와의 관계도 좋아요. 말로 질문해주셔도 좋고 쪽지로 전해주셔도 좋습니다. 그럼 천천히 풀어가 볼까요?

질문 하나. 마음속에 이미 답을 갖고 있는데, 다른 사람에게 물어보고 그의 입을 통해 다시 확인하고 싶을 때가 많아요. 답을 알고는 있지만 답대로 되지 않는 경우에 나를 움직일 방법은 무엇일까요?

첫 질문부터 어렵네요.(웃음) 뭘 해야 할지 아는데 몸이 따라주지 않을 때, 우선 여기까지 알고 계신 것으로도 대단해요. 답이 내 안이 아니라 아주 먼 곳, 외부에 있을 것이라 생각하는 분들이 많더라고요. 저는 『데미안』의 도움을 많이 받는데 이런 문장이 나와요. "우리 각자의 내부에는 우리 자신보다 더 똑똑하고 지혜롭고 커다란 존재가 있다." 영어로 세이지sage(현자)라고 하잖아요. 숲속 현자 같은 존재가 우리 마음속에 다 있어요. 다른 표현으로 멘토는 누군가의 인생을 책임질 만큼 자기 일인 듯 고민해주는 사람이잖아요. 저는 제일 좋은 멘토 역시 사실 자기 안에 있다고 생각해요.

제게 10년 동안의 제일 큰 화두, 내 삶을 바꿀 키워드는 '용기'였는데요. 뭘 할 수 있고 하고 싶은지 알지만 용기가 없어 도전해보지 못했던 것이 참 많아요. 반면에 그사이 해낸 것들도 많더라고요. 여행 에세이도 내보았고, '월간 정여울'도 하고 있고, 무엇보다 올해 떠났던 남미 여행에 커다란 용기가 필요했어요. 겁이 굉장히 많아서 여행 갈 때마다 '유서 써야 하는 게 아닌가' 할 정도거든요.(웃음) 비행기 공포증뿐 아니라 길을 잃어버리는 것에 대한 두려움도 큰데 매번 용기를 내고 있거든요.

답이 내게 있다면 그 답을 우선 써보세요. 나에게 가장 필요하고 하고 싶은데 안 하거나 하지 못하고 있는 것, 그것을 단답형으로도 좋고 문장형으로 써도 돼요. 그러고는 가장 눈에 띄는 책상이나 휴대폰 화면, 침대 위 천장 같은 곳에 항상 두고 보는 거예요. 매일 내가 무엇을 하는지 누구를 만나는지가 중요하듯이, 잘 보이는 곳에 화두가 있다면 좀 더 용기를 낼 기회가 많아져요. '나는 꼭 죽기 전에 책 한 권을 쓰고 싶다' 하면 그 말을 항상 옆에 두는 거죠. 그리고 노트를 가지고 다녀요. 한 문장이라도 생각날 때 계속 쓰는 거예요.

원하는 바를 이루기 위해서 계획을 너무 많이 세우면 도리어 하지 못해요. 저는 영어 울렁증이 심해서 잘하게 되면 여행을 가려고 했는데, 스물아홉 살엔가 번뜩 '이러다가는 평생 못 가겠구나' 하고 깨달았어요. 갔더니 여행자에게 필요한 영어는 굉장히 간단하더라고요. 영어 때문이 아니었어요. '내 마음의 짐이 무거워 떠나오지 못했던 거였구나.' 가서 부딪치다 보니 '선사고 후수습'이 좋아지더라고요. 먼저 카드를 긁고 돌아와 열심히 갚고요.(웃음) 진짜 하고 싶었는데 하지 못했던 것들을 일단 해보는 것, 그리고 용기를 계속 불어넣을 수 있도록 꿈과 관련된 것을 모든 곳에 붙여놓아 보세요. 도움이 많이 될 거예요.

질문 둘. 저는 지금 회사에 먼저 문을 두드려 입사하게

**되었는데요. 요즘엔 그런 용기가 점점 사라지는 것 같
아요. 서른이라는 나이도 부담으로 다가오고 뭔가를
시도하기가 굉장히 어려워요.**

'서른'에 대한 부담감 또한 서른을 규정하는 절대적 외부
의 시선이 개입했기 때문이에요. 우리 사회의 속도를 보았
을 때 실제로는 스물다섯 서른다섯 마흔다섯 이쯤이 더 중
요하죠. 스물다섯에 대학을 졸업하고, 서른다섯쯤에 자리
가 잡히잖아요. 이때에는 자기에 관해 심하게 의심하지 않
지요. 마흔다섯 즈음에는 어떠한 정점, 내가 이 분야의 무언
가를 잘할 수 있게 된다는 믿음이 생기는 것 같아요. '주관적
나이'가 훨씬 중요해요. 빌리 엘리엇처럼 열한 살 때 자신이
무엇을 잘하는지 알면 좋겠지만, 그건 축복이고 그렇지 못
한 사람이 대부분이죠. 탄광촌에 묻힌 소년의 재능을 알아
봐준 것은 선생님이잖아요? 그런 재능을 갖기도 어렵지만
발견하긴 더 어려울 수 있어요. 좋아하는 이야기이지만 우
리 모두에게 일어날 일은 아닌, 환상적 얘기처럼 느껴지기
도 해요. 그러니 내가 직접 찾아봐야 해요. 이미 지원을 해본
경험이 있잖아요. 저는 그런 용기를 가져보지 못했거든요.
지금도 무언가를 마음속으로 그리고 있다면 회사에 먼저 적

극적으로 제안해보세요. 잘 해낼 수 있을 거예요.

질문 셋. 요즘은 부쩍 나 자신이 없어진 느낌이 듭니다. 나 자신과 관계 맺기가 어려워요. 책임져야 할 것들이 늘어나면서 가족의 삶에 대한 이해만으로 가득 차 있어 힘겹습니다.

저도 저 자신과 관계 맺기가 굉장히 어려운데요. 이것은 아이를 기르는 부모, 특히 여성이 많이 느껴요. 주변 결혼한 분들을 보면 억울했던 게 남성은 결혼하면 더 안정되고 편안해 보이는데, 여성은 아직 애가 없어도 벌써부터 챙겨야 할 사람이 너무 많더라고요. 아내가 시부모님에게 당연히 효도를 해줄 거라고 생각하는 분들도 있죠. 처음 보는 어르신들인데 본인도 하지 않는 효도를 바라는 거예요. 그것 때문에 결혼을 미루다 결국 헤어지는 분도 봤어요. 관계에 대한 스트레스죠.

나 자신과 관계 맺기 어려운 것과 가족에 대한 책임이 삶을 짓누르는 느낌, 이게 합쳐진 감정인데요. 저는 긍정적 의

미의 이기심이 필요할 것 같아요. 나를 위한 배려가 결코 나쁜 게 아닌데, 우리는 이기적인 부분이 너무 없어서 실패할 때도 있거든요. 몸이 부서지는 줄도 모르게 일하면서 마음은 더 못 챙기잖아요. '번아웃 증후군'이 정말 위험한 이유는 일하는 자아, 즉 에고를 돌보느라 마음 깊은 곳의 자기, 즉 셀프를 돌봐주지 못하기 때문이에요. 열심히 일하는 사람이라 누구에게나 좋은 평가를 받지만 정작 자기 몸과 마음에 이상이 있는 줄을 모르는 거예요. 본질적으로는 '내가 나를 충분히 돌보고 챙기고 사랑하지 못했기 때문이구나'라는 사실을 받아들여야 치유가 시작될 수 있지요.

그래서 저는 나르시시즘이 필요할 때도 있다고 생각해요. 자기 예찬까지는 아니더라도 내가 나를 진짜로 소중히 여기는 마음이 없다면 내가 하고 있는 일과 인간관계가 무슨 소용이 있겠어요. "저 사람은 너무 자기만 생각하는 것 아니야?" 이런 말 들어도 돼요. 어차피 우리처럼 내성적인 사람들이 자기를 많이 챙겨봤자 진짜로 이기적인 사람을 따라가진 못하거든요.(웃음) 좀 더 마음 깊은 곳의 자기, 셀프의 목소리에 귀를 기울여야 해요. 여성 중에는 생리 주기도 체크하지 못할 정도로 바쁘게 사는 분들이 많아요. 내 몸에 작은 이상이라도 생겼을 때 그 몸의 목소리에 주의를 기울이는 것, 거기서 셀프의 목소리 듣기가 시작됩니다. 몸의 목소리를 많이 들었으면 좋겠어요. 일기 쓰는 것이 부담스럽다면 오늘 몸 상태가 어떤지, 아침에 일어났는데 어깨가 아프다든지, 목소리가 쉬었다든지 등을 일단 기록해보세요. 몸은 무의식과 가장 많이 연결돼 있거든요. 의식이 모르는 것도 무의식은 알아요. 몸이 아픈 건 무의식이 구조 신호를 보내는 거예요. '너 지금 뭐 하고 있어' '왜 너 자신을 사랑하지 않니' 라는 신호거든요. 마음 상태를 기록하기 힘들다면 몸부터 챙겨보는 거예요. 그러다 보면 마음에 대해서도 쓰고 싶어져요. 글쓰기란 작가뿐 아니라 모든 이에게 도움이 되는 일이에요. 작은 수첩 하나에 '나에 대한 이야기'라고 이름 짓고 쭉 써보는 거예요. 화가가 작업 노트를 쓰듯이, 내 몸 내 마음에 안부를 묻는 노트를 마련하셨으면 좋겠어요. 그렇게 해서 자기를 좀 더 과하게 배려하고 사랑하는 삶을 시작하셨으면. 자기를 사랑하는 건 죄가 아니에요.

질문 빗. 책에 '내면 아이'에 관한 이야기가 있었는데요. 한편으로는 그것에 너무 집착하게 되니까 '내 상처는

**다 부모님 때문이야!' 하며 원망하고, 상처를 합리화하
고 도피하게 되는 것 같아요.**

그게 내면 아이의 위험인데 부모님의 내면 아이를 생각
해봐요. 부모님의 내면 아이는 저보다 훨씬 어리거든요. 부
모님 세대는 우리처럼 이렇게 내면을 돌볼 기회도 없으셨어
요. 부모의 상처가 아이에게 유전되는 경우가 많죠. 스스로
콤플렉스를 해결하지 못하니까 투사해서 "네가 피아니스트
가 되어라", "네가 대신 의사가 되어라" 하잖아요. 가르치면
서 학생들의 글을 보면 아이를 너무 히스테릭하게 대하는
부모님들이 많다는 데서 놀라요. 어떤 부모님은 "내가 지금
자유롭게 훨훨 날 수 있는데, 너 키우느라 너 때문에 고생하
는 거야"라고 습관적으로 얘기하는 거예요. 아이들이 '아, 내
가 저주받은 아이구나, 나 때문에 부모가 자기 뜻을 펴지 못
했구나'라고 생각할 때 너무 가슴 아프더라고요. 부모 자체
가 내면 아이가 극복이 안 됐기 때문이에요. 우선, 부모의 내
면 아이에 연민을 가져보세요. '부모님은 나처럼 내면 아이
와의 대화조차 할 수 없었구나.' 우리는 책을 읽고 영화를 보
고 심리학도 공부하면서 내면 아이를 들여다볼 기회가 있잖
아요. 다양한 책과 미디어를 통해 내면 아이를 '돌본다'는 의

미를 체득하고 있는 사람과 내면 아이 자체를 다독여줄 기회가 없는 사람 사이에는 엄청난 차이가 있어요. 성인 자아가 내면 아이를 때로는 다독이고 때로는 힘차게 일으켜 세우면서 우리는 점점 셀프와 에고 사이의 갭을 줄여나갈 수가 있어요.

　우리는 우리 자신의 내면 깊숙한 곳의 상처를 더 큰 사랑으로 치유해야 해요. 『늘 괜찮다 말하는 당신에게』에서 엄마의 내면 아이에 대해 쓴 것도 처음엔 엄마가 너무 밉고, 엄마는 공부를 하지 않으시면서 나한테 다 시키는 이기심이 싫었거든요. 서른다섯까지는 엄마에게 완전히 구속된 것 같았어요. 그런데 어느 순간 '그게 아니구나, 나는 탈출할 자유가 있구나' 하고 깨달았고, 일단 안 보는 것도 좋더라고요. 떨어져 있어야 해요. 부모와 자식 관계가 좋아지는 방법은 일단 서로를 향해 공간과 시간을 많이 떨어뜨리고 그 관계를 마치 제3자처럼 객관적으로 보는 거예요. 모질고 독하다는 소리를 듣더라도 좀 덜 보고, 대신 그 관계에 대해 생각해보세요. 보고 싸울 시간에 안 보고 성찰해보세요. 부모를 미워하는 것보다 연민할 때 깨달음을 많이 얻어요. '나는 부모에게 트라우마를 물려받았지만 그 상처를 더 큰 사랑으로

갚아주자.' 이렇게 생각해보세요. 사랑이 안 된다면 이성적
으로 극복하는 것도 방법이에요. 부모님의 내면 아이가 치
유되지 않았음을 이해하면 덜 화나실 거예요. 좀 더 가엾게
여겨주세요. 우리에게는 기회가 있잖아요. 전혀 다른 인생
을 살아갈 기회가.

**질문 다섯. 곧 이직하는데 새 학년에 올라가 친한 사람이
없을 때와 같은 긴장감이 들어요.**

너무나 당연한 감정이에요. 저도 지난 학기에 처음 새로
운 학교에 나갔거든요. 거리가 멀어서 출퇴근도 힘들더라고
요. 일주일에 3일 가는 계약직인데 그렇게 묶여 있는 것 자
체가 처음이라 제게는 첫 직장과 마찬가지거든요. 그래서인
지 한 일주일 나가고 나서는 악몽을 꾸기 시작했어요. 동료
교수님과 학생들이 저를 너무 미워하고 욕하고 괴롭히는 꿈
이었어요. 현실은 정반대였거든요. 교수님들도 잘해주시고,
학생들한테도 아주 빠른 시간에 깊은 애정을 느꼈어요. 상
담 교사인지 글쓰기 선생님인지 모를 정도로 아이들이 제게
금세 의지하더라고요. 한 달도 안 됐는데 제게 와서 울고 안

아주고 손잡고 이야기하며 금세 친해진 거죠. 저도 애들 앞에서 울고요. 그러고 나니까 너무 편한 거예요. '아, 꼭 교수라고 해서 강한 모습만 보여줘야 하는 건 아니구나, 솔직한 내 모습을 보여줘야겠구나.' 걱정 때문에 실제로 우리가 겪을 수 있는 좋은 점들을 외면하지 않으셨으면 좋겠어요. 저는 이 고민을 많이 했거든요. '세상을 부정적으로 보는 게 좋을까, 긍정적으로 보는 게 나을까.' 세상을 부정적으로 보면 상처는 덜 받아요, 기대를 안 하니까. 그런데 세상을 긍정적으로 보면 배울 게 더 많아요. 시작하기도 전에 나쁜 생각을 하는 건 객관적이라기보다는 새로운 경험을 할 수 있는 좋은 기회까지 차단해버리는 일이니까요. 지금 이 감정은 너무나 당연한 것이니 겁내지 않았으면. 이직 자체도 누구나 할 수 있는 것은 아니잖아요. 행운이고 능력이고 재능이니까 일단 자기를 많이 칭찬했으면 좋겠어요.

  또 때로는 새로운 것도 많이 시도하셨으면. 이왕 이직했는데 새로운 시도를 하지 못하면 그 시간이 아깝잖아요. 적응만이 문제가 아니에요. 이전 직장과 비슷해질 수 있잖아요. 내가 나를 많이 지켜야 해요. 쉽게 예스라고 하지 말고 거절도 해야 해요. 아무것이나 거절하라는 뜻은 아니고요. 정

말 나랑 맞지 않는 못 해낼 것 같은 일은 거절하고, 잘할 수
있을 것 같은 일은 먼저 제안해보세요. 인생의 고삐를 더 내
쪽으로 끌어와야 해요. '사람들이 나를 어떻게 할까'를 가지
고 인생의 향방을 결정하면 안 되고, 내가 결정할 수 있는 마
음의 공간을 더 늘려야 해요.

**질문 여섯. 인간관계에서 힘든 것은 무소식, 단절감인 것
같아요. 카카오톡에서 이야기를 할 때면 남들은 활발
하게 잘 지내는 것 같은데 나만 혼자 아무것도 안 하고
있고, 소외되고 동떨어진 느낌이 들어요.**

나를 행복하게 해주는 관계가 무엇인지 다시 생각해봐야
해요. SNS의 댓글로만 이야기하다 보면 해야 될 말과 안 해
야 될 말을 가리지 못할 때가 있잖아요. 내가 직접 사람을 만
나고 행복할 방법을 찾아야 해요. 소규모 독서 모임 같은 것
은 친하지 않아도 되고, 책에 대한 이야기만 해도 돼요. 그냥
낭독만 해도 되고요. 여러 명이 아니라 두 명일 때 가장 좋은
시간을 보낼 수도 있어요. 다른 책을 가져와 서로 읽어주어
도 좋고요. 기분이 좋아져요, 낭독만으로도.

또 만나지 않아도 시도할 수 있죠. 저는 제 글과 함께 어우러진 그림으로 컬러링북을 만들려고 제 그림 선생님께 부탁드렸는데요. 처음엔 제가 예상한 것만큼 조화롭지 않았어요. 그런데 제 책을 선물해드리고 두세 번 정도 소통을 하니까 이제는 제 글과 선생님의 그림과 잘 어울리더라고요. 상대방에게 나를 이해해달라고 요구만 하지 말고, 나를 이해할 수 있는 기회와 공간을 줘야 해요. 꼭 만나서 나의 안부를 시시콜콜 다 전하지 않더라도 같은 곳을 바라보는 것이 중요한 소통인 듯해요. 당신만의 목표도 아니고 나의 목표만도 아닌 제3의 목표, 함께하는 이상이 필요해요. 사랑하는 사이에서도 '저 사람이 나를 어떻게 생각하지?' '내가 좋아하는 만큼 그 사람도 날 좋아할까?'를 신경 쓰면 그 관계는 언젠가 파탄 날지 몰라요. 계속 좋아하는 분량을 서로 비교하고 계산하니까요. 그렇게 관계를 피곤한 비교로 물들이지 말고 함께 뭔가를 해보는 거예요. 독서든 예술이든 함께 바라볼 뭔가를 추구하는 것이요.

질문 일곱. **친구는 남편과 대판 싸우고 제게 남편 욕을 해놓고서 이튿날 아무렇지도 않게 인스타그램에 알콩**

**달콩하는 사진을 올려요. 이럴 때 뭐라고 해야 할지 모
르겠어요.**

동성에게 느끼는 배신감이죠.(웃음) 이런 건 너무 깊게 생
각하지 않았으면 좋겠어요. 연애와 우정은 너무 달라요. 연
애는 전날 미친 듯이 싸워도 다음 날 정말 지독하게 아름다
운 「로미오와 줄리엣」식의 로맨스를 연출하는 것이거든요.
우정의 관점에서는 친구의 단점도 보이고 상대를 이성적으
로 보려 하는데, 사랑은 그게 잘 안 되죠. 이 상황은 멀리서
보면, 사실 좋아진 거예요. 친구가 남편과 어제 그렇게 싸우
고 나에게 난리를 쳤는데, 오늘은 내가 편하게 잘 수 있게 됐
으니까. 그 친구가 내게 계속 남편 욕을 한다면 그게 더 고민
일 테니까요. 친구가 남편과 잘 지낸다고 해서 나와의 우정
이 없어지는 것도 아니고요. 몇 년 동안 연락을 안 해도 결
국 유지되는 게 진짜 우정이에요. 연애에서는 전화 한 번 안
받아도 세상 무너지잖아요. 우정의 이런 면은 사랑보다 멋
진 점인 것 같아요. 집착 없는 사랑은 거의 불가능한데 우정
은 집착 없이도 가능하잖아요. 물리적 거리가 멀리 떨어졌
을 때에도 우정은 더욱 큰 힘을 발휘해요. 상상해보세요. 연
애는 롱 디스턴스 커플이 정말 어렵지만 우정은 친구가 우

주에 있더라도 충분히 가능하지 않겠어요? 또한 수천 년 전 사람과의 우정도 가능하잖아요. 읽기와 쓰기로 연결되어 있다면, 우리는 천 년 전의 사람과도 소통할 수 있어요. 우정은 이렇게 힘이 세죠. 소크라테스, 니체 등과도 친구가 될 수 있죠. 사랑은 일대일이 아니면 단죄를 받지만,(웃음) 우정은 복잡해도 되고 복잡할수록 오히려 더 깊고 아름다워져요. 저는 때론 한 사람만 바라보는 사랑보다 여러 사람을 함께 생각하는 우정이 더욱 사람을 성숙하게 해준다고 생각해요.

질문 여덟. 쉬는 날 어떻게 보내는지 궁금해요. 잊고 싶은 일 특히 회사 일을 안 떠올리게 할 방법이 있다면 무엇일까요?

제가 쉬는 걸 굉장히 못해요.(웃음) 여전히 완전히 아무것도 하지 않는 휴식을 취하지는 못하지만, 예전보다 나아진 부분이 있다면 좋아하는 취미 등을 즐기면서 쉰다는 점이에요. 글쓰기 이외의 일에 집중해보고, 평소와 다른 감각을 쓰는 거죠. 저도 피아노나 첼로를 연주하는 동안은 제가 누구인지, 고민거리가 무엇인지도 잊어버리거든요. 그런 망아는

我의 감각이 정말 소중해요. 무언가를 너무 사랑해서 잠시
나를 사랑하는 일도 잊어버리는 거죠. 내가 원하는 궁극적
인 목표는 계속 더 좋은 글을 쓰는 삶이지만, 그것만 할 수는
없잖아요. 때로 글쓰기라는 우물에 갇힌 느낌도 들고요. 일
단 공간을 바꾸는 것도 좋아요. 공원을 산책하거나 미술관
에서 그림을 감상하거나 공연을 보거나. 몸을 쓰는 휴식도
좋을 것 같아요. 앞으로 하고 싶은 건 명상인데요. 모든 걸
책으로 배우려고 해서(웃음) 실제로 따라 하니까 아프더라고
요. 처음엔 보디 스캐닝이라고 하는데, 내 몸에 대한 감각을
깨우기 위해 하나하나 느껴보는 과정이에요. 그런데 평소
아팠던 특정 부분이 더 강하게 느껴져서 좀 무섭더라고요.
아직은 연습이 필요해요. 명상을 해보면 실제로 대뇌피질이
두꺼워진대요. 명상은 돈이 많이 드는 것도 아니고 책 한 권
으로도 시작할 수 있으니까, 쉬면서도 자기 안에 어떤 새로
운 감각을 깨우는 창조적 휴식을 하면 좋을 것 같아요.

　한편으로 우리 사회는 노력에 대한 지나친 환상이 있어
요. '노력절대주의'가 있어서 "노오-력!" 외치는 사회잖아요.
때로는 쉴 틈조차 없을 때가 있죠. 저는 '월간 정여울'을 하다
보니까 저도 힘들고 편집자도 힘들어하기에 한 주만 이야기

를 꺼내지 말자고 제안한 적이 있었는데요.(웃음) 도움이 되었어요. 침묵하는 것, 시간을 정해 어떠한 사안에 관해서는 마치 묵언 수행하듯이 지내보는 것. 일을 쉴 수 없을지라도 그에 대한 이야기를 쉴 수는 있잖아요. 말로 생기는 피로를 자꾸 말로 풀려고 하면 스트레스가 될 수 있거든요. 일상 속 작은 수행처럼 말의 여백을 만드는 것도 좋아요.

질문 아홉. 좋아하는 남자 연예인 있나요?

옛날엔 많았는데 이제는 그 세포가 죽어버렸네요.(웃음) 얼마 전에는 「키스 먼저 할까요?」의 감우성 씨가 맡은 그 캐릭터가 좋았어요. 일밖에 모르는 냉혈한이었지만 결국 자기 안의 깊은 그림자와 여린 감수성을 깨닫는 캐릭터죠. 평소에 저는 남자 배우보다는 여자 배우들을 더 좋아하는데, 예를 들면 김혜수 씨를 좋아해요. 인간적으로 관심이 있어요. 김혜수 씨에게 지금보다 더 다채롭고 풍요로운 끼가 분명 잠재해 있는데 꼭 맞는 최고의 배역을 아직 못 찾은 것 같고요. 김혜수 씨와 책에 관한 이야기를 같이하면 정말 좋을 것 같기도 해요. 거품 아래로 깊이, 심연의 끝까지 생각하는 법

을 아는 분 같아요. 메릴 스트리프도 좋아해요. 예전엔 너무
완벽하고 안정된 느낌이라 매력을 못 느꼈는데, 배우로서
도 훌륭하지만 사회적 발언을 할 때 정말 멋있더라고요. 도
널드 트럼프 대통령이 예전에 장애인 기자를 차별하면서 모
욕한 일이 있었어요. 그녀가 매우 화가 나서 소감을 발표했
죠. 이 세상에 그런 식으로 모두가 돈과 이익과 우월성만을
우선시한다면 미국에서는 미식축구나 격투기밖에 남지 않
을 것이다. 그것은 예술이 아니지 않은가. 미국의 다양성이
유지되고, 우리의 영화계가 이렇게 풍요로울 수 있었던 이
유는 외국 출신의 이방인이 많기 때문이다. 그러면서 그 시
상식에 나온 배우들의 엄청나게 다양한 인종과 문화를 하나
하나 호명한 거예요. 누구는 아일랜드에서 누구는 아프리카
에서 왔다, 이들 덕분에 우리 영화계의 발전이 가능한 것이
라는 이야기를 했어요. 정말 감동적인 연설이었고, 저도 모
르게 눈물을 흘리면서 봤거든요. 평소에 여성 인권에 관해
서도 꾸준히 이야기하시고요. 그런 배우들을 보면 존경스럽
고, 자신이 맡은 역할을 뛰어넘어 뭔가를 해내는 사람들이
매력적인 것 같아요. 작가가 글을 잘 쓴다는 것은 너무 당연
한 거잖아요. 배우도 자신의 역할을 뛰어넘어 뭔가 더 크고
깊은 관계의 바다로 향해 갈 때 멋진 것 같아요. 나에게 주어

진 역할이나 책임을 넘어서는 뭔가를 해서 그 가치를 더 다
양화하고 확장하는 분들이 멋있어요. 상큼하고 재밌는 질문
을 제가 너무 무겁고 진지하게 받았네요. 이렇게 제가 시도
때도 없이 진지한 건 치유 불가능한 질병이에요.(웃음)

**질문 열. 박사 학위를 받은 것으로 아는데, 그럼 왜 교수
가 되지 않고 글 쓰는 삶을 택한 건가요?**

'무엇을 가지느냐'에 따라 우리 인생이 결정되는 것만이
아니고 '무엇을 버릴 수 있느냐'에 따라 진짜 인생이 결정되
는 것 같아요. 저도 예전에 박사 학위가 아까우니까 몇 년 전
까지만 해도 꼭 교수가 되어야겠다고 생각했는데, 어느 날
갑자기 그냥 확 버렸어요. 제 인생에서 제일 중요한 것을 생
각해봤더니 그건 글쓰기였어요. 글쓰기 중에서도 더 창조적
글쓰기를 하고 싶다는 마음이었어요. 한국 논문 시스템 안
에서의 논문은 이제 못 쓰겠는 거예요. 나라는 주어, 내 감정
도 쓸 수 없잖아요. 주관성을 최대한 낮출 수야 있겠지만, 그
렇다면 그건 제 글이 될 수 없다는 생각이 들었어요. 때로는
논문을 심사할 때도 있지만 너무 고통스럽더라고요. 안 보

고 싶고 안 쓰고 싶다는 생각이 진심으로 들더라고요. 내가
잘하지 못하는 것을 거절할 수 있게 된 때부터 자유가 왔어
요. 꼭 정규직으로 어디에 직장을 얻어야 한다는 생각을 버
리고 나니까 훨훨 날 수 있게 된 것 같아요. 항상 불안정한
대신 자유를 얻은 거죠. 완전 풀타임 직업이었다면 글 쓸 시
간도 없겠죠. 그런데 가만 보니까 직장이 있어도 불안정하
더라고요.(웃음) 그래서 '아, 불안정한 것은 어떻게 보면 인간
의 공평한 조건이구나' 인정하니까 편해졌어요. 과감하게,
그냥 놔버렸죠.

　저는 아직도 불안에 시달려요. '아무도 날 불러주지 않는
순간이 오면 어쩌지' 하고 자다가도 벌떡 일어날 때가 있어
요. 원고 청탁이 확 끊길 수도 있지요. 그렇게 오랫동안 글을
써왔음에도 불구하고, 불안이 완전히 없어지진 않아요. 그
런데 그보다 훨씬 힘들었던 때를 생각해보면, 제가 『그때,
나에게 미처 하지 못한 말』에 쓴 적이 있는데요. 삼십 대 초
반에 진짜 통장 잔고가 0원인 적이 있었어요. 사실은 마이너
스였죠. 글을 쓰고 강연한 것에 비해 생활비가 항상 모자란
거예요. 그때 진짜 막막하더라고요. '서른이 넘었는데, 예전
보다 일도 더 많이 하고 정말 열심히 살아왔는데, 내 인생이

왜 이렇게 됐지?' 정말 힘들었어요. 그때 제안이 왔어요, 고등학교 문학 교사를 해보지 않겠느냐고. 아이들 방학 때 아르바이트로 수업한 적이 있는데, 선생님이 좋게 보셨나 봐요. 제가 되게 순진하게 "교사자격증이 없다"라고 말씀드렸더니 놀라시더라고요. 좀 더 똘똘하게 일자리를 중시했다면 하겠다고 했을 거예요. 그런데 교사자격증이 없다는 건 핑계였던 것 같아요. 돈은 진짜 없는데, 곧 죽어도 글을 쓰고 싶었던 거예요. 박사 과정이 막 끝났는데 평론 청탁은 아주 가끔 들어오고, 경제적으로 한 4~5년 허덕였어요. 그런데 그때 과외도, 출강하던 학원도 그만두었어요. 돈이 없으면 돈을 벌어야 하는데 '그냥 없는 대로 살자, 지금부터 나는 정말 글을 쓰고 싶으니까'라고 마음먹은 거예요. 지금 생각하면 굉장히 기특해요. 아무런 보장이 없잖아요. 너무 힘들어서 공부를 그만둘 수 있었는데, 더 열심히 읽고 쓰고 그 과정을 거쳐서 『마음의 서재』를 냈어요. 진짜 힘들 때 낸 거죠. 그다음 『그때 알았더라면 좋았을 것들』을 내고 난 뒤 평론가가 아닌 작가가 된 것이고요. 평론가에서 작가가 된 것이 대학원생에서 평론가가 되는 과정보다 훨씬 더 어려웠어요. 매번 내 글쓰기의 존재 증명을 해야 하는 거예요. 더 이상 평론을 쓰라는 연락이 안 올 때까지 계속 다른 글, 나만의 글,

내가 작가라고 증명하는 글을 써야 했던 거죠. 힘들었지만
정말 행복했어요. 드디어 저 자신을, 나다운 나를, 찾은 느낌
이었지요.

　만약에 돈 버느라 글쓰기를 소홀히 했다면 하지 못했겠
죠. 가난을 견뎌낸 게 가장 큰 용기 중 하나였던 것 같아요.
부모님의 반대도 이겨내었고요. 어릴 때 공부를 잘했으니까
뭔가 한자리 차지할 줄 알고 기대하셨을 텐데, 이렇게 아무
런 확실한 소속도 없는 글쟁이가 되리라고는 상상하기 싫으
셨겠죠. 하지만 지금은 좋아하세요. 제가 행복해하니까 말
릴 수 없다고 생각하시는 듯해요. 어느 순간, 부모님의 트라
우마도 넘어서게 되었고요. 태생적 환경이나 내가 지닌 한
계 때문에 느꼈던 슬픔이 또 뜻밖의 자산이 되어주었어요.
'왜 내 주변에는 글 쓰는 사람이 한 명도 없고 나를 지지하고
응원해주는 사람도 없는 걸까'라는 생각 때문에 힘들었는데
그 슬픔이 모여 뭔가 또 하나의 새로운 감수성이 되기도 했
어요. 작가로서 수면이 부족한 점은 힘들지만, 좋은 점은 제
가 겪은 모든 고통이 다 소중한 이야기의 재료가 된다는 것
이에요. 헛된 고통이 하나도 없어요. 저도 극복해나가고 있
는 것 같아요.

질문 열하나. 늘 글을 읽고 쓰며 살아가는데 글과는 어떤 관계를 맺고 있나요?

사람은 좋을 때도 있고 싫을 때도 있잖아요, 불편할 때도 있고. 그러나 글쓰기는 한 번도 싫은 적이 없었어요. 힘든 적은 있었어요. 잘 쓰고 싶은데 잘 안 되어서, 잘 이해하고 싶은데 잘 안 되어서 능력의 한계를 많이 느꼈던 적이요. 그래서 글쓰기는 아마 제 진정한 사랑의 대상인 것 같기도 하고, 때로는 저를 쥐락펴락하는 무시무시한 괴물 같기도 하고요. 그런데 정말 진심으로 싫어해본 적은 없어요. 앞으로도 더 새롭고 창조적인 것들을 시도해보고 싶어요. '월간 정여울'을 시작할 때 미쳤다는 얘기 많이 들었는데 이것보다 더 미칠 수 있는, 더 망측하고 이상하고 재미있는, 저의 가슴을 뛰게 만드는 새로운 시도를 해보고 싶어요. '월간 정여울'을 다른 방식으로 변주해보고 싶기도 하고요. 출판사가 버려야 하는데 못 버티면 자비 출판을 해야 할지도 몰라요.(웃음) 아, 벌써 10시가 다 되어가네요. 지금 가셔야 하는 분들은 가셔도 되고요. 질문 있으신 분들은 계속해주셔도 돼요. 이렇게 와주셔서, 함께 소중한 시간을 만들어주셔서 감사합니다.

모두가 고민하고 있었다. 이토록 꼬이고 꼬인 인간관계를 어떻게 풀어가야 할까. 이토록 멀고 삭막하게 느껴지는 세계를 어떻게 따스하게 보듬어 안을까. 삶은 때로는 머나먼 수평선처럼 닿을 수 없는 대상처럼 보이다가도, 어느 순간 눈앞에 성큼 다가와 살갑게 만지작거릴 수 있는 포근한 담요 같은 존재가 된다. 그 멀고 가까움을 조절할 수 있는 것은 오직 하나, 우리 자신의 마음뿐이다. 자칫하면 영원히 녹지 않는 빙하처럼 얼어붙을 수 있는 인간의 마음을 녹이는 글쓰기, 그것이 '월간 정여울'이 꿈꾸는 이상이다. 함께 밥을 먹고, 차를 마시고, 늦은 시간까지 남은 분들과는 술잔도 기울이며, 우리는 '아직 따스함이 남아 있는, 그리하여 타인의 마음까지 녹일 수 있는 따스한 마음의 온도'를 기쁘게 확인했다.

갈무리와 다듬기 | 정여울, 홍보람

나를
가로막는
것은
오직
나뿐이었음을

　　출근길에는 지하철에 몸을 구겨 넣고 퇴근길에는 몸에 술을 부어 넣는다. 삶이라 부르기조차 민망한 우리네 일상은 그렇게 지나간다. 놓쳐서는 안 될 것만 같은 무언가를 붙잡고 쩔쩔맨다. 각종 세금을 치르고, 통장 잔고를 확인하고, 달력을 통해 스케줄을 점검하는 일상. 이런 당연한 일상이 문득 감옥처럼 느껴질 때가 있다. 누가 나를 가두지도 않았는데 스스로 간수가 되어 나 자신을 검열하는 일상. '계산은 최소화하고, 몽상은 최대화하자'라는 표어를 실천하고 싶었던 나는 그 최소한의 계산이 좀처럼 줄어들지 않는 일상 속에서 점점 자유로운 몽상에 빠질 여유를 잃어간다. 그럴 때마다 나로서는 도저히 따라갈 수 없는 어떤 사람을 생각해 본다.

무엇이 우리를
작아지게 만드는가?

그리스인 조르바, 그는 '지금 가진 것'과 '앞으로 가져야 할 것'을 구분하는 삶을 살지 않았다. 남이 가진 것과 내가 가지지 못한 것을 비교하는 삶을 살지도 않았다. 우리를 작아지게 만들고, 주눅 들게 만들고, 부끄럽게 만드는 모든 것들과의 신명 나는 혈투. 그리스인 조르바를 생각할 때마다 나는 괜스레 어깨가 펴지고, 미소가 번져 나온다. 조르바는 내게 이렇게 속삭이는 듯하다. "여보게, 친구. 자네가 필사적으로 붙들고 있는 끈은 알고 보면 그렇게 질기지도 단단하지도 않다네. 살짝만 끈을 놓아봐. 사실 아무 일도 일어나지 않는다네. 자네를 옴짝달싹 못 하게 꽁꽁 묶고 있는 것은 바로 자네 자신일세. 바로 자네 자신의 욕망이지."

"인간의 머리란 식료품 상점과 같은 거예요. 계속 계산합니다. 얼마를 지불했고 얼마를 벌었으니까 이익은 얼마고 손해는 얼마다! 머리란 좀상스러운 가게 주인이지요. 가진 걸 다 걸어

볼 생각은 않고 꼭 예비금을 남겨두니까. 이러니 줄을 자를 수 없지요. 아니, 아니야! 더 붙잡아 맬 뿐이지…… 이 잡것이! 줄을 놓쳐버리면 머리라는 이 병신은 그만 허둥지둥합니다. 그러면 끝나는 거지. 그러나 인간이 이 줄을 자르지 않을 바에야 살맛이 뭐 나겠어요? (…) 잘라야 인생을 제대로 보게 되는데!"

— **니코스 카잔차키스, 이윤기 옮김,**

　『그리스인 조르바』, 열린책들, 2008, 432쪽.

　『그리스인 조르바』에서 '나'라는 화자는 조르바와 함께 광산을 개발하러 크레타섬에 도착한다. '나'는 늘 책에 파묻혀 사는 지식인인데, 책 없이도 그 자체로 눈부신 지혜가 되는 멋진 문장을 아무 데서나 내뱉는 조르바는 '나'를 '펜대 운전사'라고 부른다. 조르바는 '나'를 '두목'이라 불러주며 인부들을 이끌고 탄광 개발에 앞장선다. 항상 책을 보고 글을 쓰는 생활에 익숙해져 있던 '나'는 유산으로 물려받은 광산을 개발하는 일을 통해 지루한 인생의 돌파구를 찾으려 한다. 그러나 광산 개발보다 더 흥미로운 것은 바로 조르바와의 만남이었다. 왼손 집게손가락이 반 이상 잘려 나간 것을 본

'나'가 그 이유를 궁금해하자 조르바는 이렇게 답한다. "한때 도자기를 만들었지요. (…) 녹로 돌리는 데 자꾸 거치적거리 더란 말입니다. 이게 끼어들어 글쎄 내가 만들려던 걸 뭉개 어놓지 뭡니까. (…) 그래서 잘라버렸지요." 그는 인생의 결정 적인 선택에 대해서도, 다른 사람의 치명적인 결점에 대해 서도, 아무런 거리낌 없이 불쑥불쑥 말해버린다. "두목, 책은 책대로 놔둬요. 창피하지도 않소? 인간은 짐승이오. 짐승은 책 같은 걸 읽지 않소." "확대경으로 음료수를 들여다보면 (…) 쬐그만 벌레가 우글거린답디다. 보고는 못 마시지 안 마 시면 목이 마르지. 두목, 확대경을 부숴버려요."

조르바와의 만남을 통해 '나'는 자신을 한없이 작아지게 만드는 무언가를 고민하게 된다. 그는 자신을 끊임없이 소 심하게 만드는 영혼의 장애물을 알고 있다. 바로 육체에 대 한 두려움이다. 그는 책으로 둘러싸인 삶에 익숙해져 정신 만 비대해지고 육체는 나약해졌다. 그는 육체적으로 강한 존재를 보면 본능적인 공포를 느낀다. 심지어 아름다운 여 인을 봐도 공포를 느낀다. 육체에 대한 자신감이 없는 것이 다. 뭇 남성들의 시선을 사로잡는 아름다운 과부가 나타나 자 그는 마치 수도승처럼 금욕적인 태도를 취하며 그녀의 시선을 의도적으로 피한다. 과부는 그에게 관심을 보이지만, 그는 애써 그녀의 시선을 피한다. 그는 '여자와의 사랑'과 '책에 대한 사랑' 중 하나를 택하라면 '책에 대한 사랑'을 선택할 정도였다. 조르바는 껄껄 웃으며 사랑에 빠지는 것은 죄악이 아님을 상기시켜준다. "바로 이런 걸 기회라고 하는 겁니다! (…) 가서 과부에게 길을 잃었다고 하세요. 어두워서 그러니까, 등을 좀 빌릴 수 있겠느냐고. (…) 당신은 다른 천국을 찾고 있는 모양인데, 한심해요, 그런 건 없어요!" 조르바는 그를 '두목'이라 부르고, 그는 조르바를 '스승'으로 모신다. 서로를 향한 조건 없는 존중 속에서, 세상에서 가장 안 어울릴 것 같은 두 사람의 눈부신 우정이 시작된다.

조르바의 학교,
육체는 정신의 적이 아니다

　　　　　　　　두목에게 조르바는 '내가 아닌 모든 것'이다. 나에게 없는 용기, 나에게 없는 재능, 나에게 없는 관능과 육체와 거침없는 사랑을 지닌 존재. 두목은 조르바에게서 초인의 가능성을 본다. 신과 비교할 때 인간에게 부족한 점은 지성이 아니라 감성임을, 관념이 아니라 육체임을, 경건함이 아니라 관능임을 깨달은 것이다. 시스템의 통제에 길들여진 현대인에게 필요한 것은 아폴론의 합리성이 아니라 디오니소스의 광란이 아닐까. 조르바는 자신을 가로막는 온갖 억압과 통제를 넘어, 일탈과 낭만과 열정의 소중함을 온몸으로 증언한다. 그는 육체노동을 할 때는 온전히 그 일에만 집중하고, 여자와 키스할 때는 완전히 그녀만을 생각하고, 맛있는 음식을 먹을 때는 오직 음식에만 집중하며, 산투르를 연주할 때는 음악을 향한 사랑에만 빠진다. 조르바는 정해진 거처도 직장도 없지만 그의 몸뚱이가 하나만으로 충분하다. 지금 이 순간 살아 움직이는 육체 그 자체가 존재를 생생하게 증명하기에.

두목은 자신을 '아무것도 제대로 도전할 수 없는 샌님'으로 비하하지만, 나는 그의 '담담한 관찰자적 시선'이야말로, 관능의 아름다움을 알아볼 줄 아는 지성의 눈이야말로, 그리스인 조르바를 이 땅에 불러온 또 다른 초인적 힘이라고 본다. '샌님의 극한'에서 비로소 '초인의 극한'이 보인 것은 아닐까. 그의 반짝이는 지성과 감수성이 없었다면 결코 그리스인 조르바는 세상 속으로 나올 수 없었을 것이다. 그에게 조르바를 알아볼 눈이 없었다면, 조르바는 그냥 '끼가 넘치는 한량'으로 치부될 수도 있는 존재였다. 그는 조르바 안에서 조르바를 뛰어넘는 어떤 것을 본다. 조르바가 스스로 의미를 부여하지는 못하지만, 그 안에서 꿈틀거리는 조르바 이상의 무언가를 보는 눈이야말로 두목의 빛나는 감수성이었던 것이다.

조르바는 세속의 기준으로 봤을 때 결코 '좋은 사람'은 아니다. 전쟁터에서 사람도 여럿 죽였고, 강간한 적도 있으며, 수많은 여성에게 상처를 주었다. 하지만 조르바의 위대함은 '선행밖에 모르는 완전함'에서 우러나오는 것이 아니라 자신의 잘못을 진심으로 뉘우치고 다시는 그런 실수를 반복하지 않는 마음 깊은 곳의 선의에서 우러나온다. 한낱 무용담으로 눙칠 수도 있는 전쟁의 포화 속 갖가지 파란만장한 이야기들을 자랑하는 것이 아니라 진심으로 뉘우치고 고통스러워하며 털어놓는 모습, 자신의 모든 악행을 고백하고 가책을 느끼는 모습이야말로 내게는 조르바의 가장 아름다운 모습으로 다가온다. 평생 방랑을 일삼으며 수없이 사랑에 빠지고 수없이 실수도 저지른 조르바가 인간에 대한 깊은 절망에서 벗어날 수 있었던 것은 바로 예술과 자연에 대한 멈출 수 없는 사랑 때문이었다. 인간의 추악함을 타인뿐 아니라 자신에게서도 뼈아프게 확인한 후, 그럼에도 불구하고 인간을 사랑하는 법을 깨닫는 존재의 아름다움. 그것이야말로 실존 인물이자 소설과 영화 속 인물이었던 조르바가 오늘날까지 수많은 사람들에게 새로운 삶을 향한 영감을 주는 이유일 것이다.

　"내게는 저건 터키 놈, 저건 불가리아 놈, 이건 그리스 놈 하던 시절이 있었습니다. 두목, 나는 당신이 들으면 머리카락이 쭈뼛할 짓도 조국을 위해서랍시고 태연하게 했습니다. 나는 사람의 멱도 따고 마을에 불도 지르고 강도짓도 하고 강간도 하고 일가족을 몰살하기도 했습니다. 왜요? 불가리아 놈, 아니면 터키 놈이기 때문이지요. (…) 요새 와서는 이 사람은 좋은 사람, 저 사람은 나쁜 놈, 이런 식입니다. 그리스인이든, 불가리아인이든, 터키인이든 상관하지 않습니다. 좋은 사람이냐, 나쁜 놈이냐? 요새 내게 문제가 되는 건 이것뿐입니다. 나이를 더 먹으면 이것도 상관하지 않을 겁니다. 좋은 사람이든 나쁜 놈이든 나는 그것들이 불쌍해요. 모두가 한가집니다. (…) 누군지는 모르지만 이자 역시 먹고 마시고 사랑하고 두려워한다. 이자 속에도 하느님과 악마가 있고, 때가 되면 뻗어 땅 밑에 널빤지처럼 꼿꼿하게 눕고, 구더기 밥이 된다. 불쌍한 것! 우리는 모두 한 형제간이지. 모두가 구더기 밥이니까."

— 니코스 카잔차키스, 앞의 책, 328~329쪽.

모든 희망이
사라진 후에도 남는 것

조르바와 함께하는 모든 것은 마치 '태어나 처음'인 것처럼 느껴진다. 조르바를 통해 '나'는 모든 것을 새로 배운다. 사물의 아름다움을 알아보는 법, 여인의 슬픔을 알아채는 법, 책을 통하지 않고도 진리와 만나는 법, 음식에 스민 최고의 맛을 느끼는 법, 그리고 모든 것을 잊고 미친 듯이 춤추는 법까지. 그러는 동안 두 사람의 사업도 무르익어간다. 그러나 우정의 밀도가 높아지는 만큼 사업의 진척이 원활하지는 않다. 두목은 조르바와 함께 열심히 광산을 개발하여 새로운 사업을 개척해보려 하지만, 두 사람이 모든 열정을 쏟아 힘겹게 개발한 광산 케이블은 처참하게 붕괴하고 만다. 조르바의 열정과 두목의 지성만으로는 해결되지 않는 무언가가 있었던 것이다. 크레타섬에 처음 생기는 거대한 광산 케이블을 구경하러 온 모든 마을 사람들은 혼비백산하여 흩어져버리고, 이제 조르바와 두목 두 사람만 덩그러니 남는다. 두 사람 모두 엄청난 충격을 받지만 조르바는 조르바대로, 두목은 두목대로 이 파국을 있는 그대로 받아들인다. 지금까지의 노력이 모두 허사가 되어버렸지만, 두 사람에게는 세상 누구와도 나눌 수 없었던 진한 우정이 남아 있었다.

"두목! 당신에게 할 말이 아주 많소. 사람을 당신만큼 사랑해 본 적이 없어요. 하고 싶은 말이 쌓이고 쌓였지만 내 혀로는 안 돼요. 춤으로 보여드리지. 자, 갑시다!" (…) 조르바의 춤을 바라보며 나는 처음으로 무게를 극복하려는 인간의 처절한 노력을 이해했다. 나는 조르바의 인내와 그 날램, 긍지에 찬 모습에 감탄했다. 그의 기민하고 맹렬한 스텝은 모래 위에다 인간의 신들린 역사를 기록하고 있었다.

— 니코스 카잔차키스, 앞의 책, 419쪽.

조르바의 춤을 통해 두목은 처음으로 낯선 해방감을 느낀다. 돈도 잃고, 사람도 잃고, 꿈꾸던 모든 것을 잃어버렸지만, 이상하게도 설명할 수 없는 즐거움을 느낀다. 인생의 기쁨을 '성취'에서 찾으려 했던 희망이 날아가 버리자, 신기하게도 지금까지는 한 번도 느껴본 적이 없는 최고의 자유를 만끽하게 된 것이다. 모든 것이 끝난 순간, 아니, 모든 것이 끝났다고 판단한 순간. 그럼에도 불구하고 무언가가 시작되는 느낌. 그것이야말로 인생을 백지상태에서 다시 한 번 시작할 수 있다는 어린아이의 기쁨인지도 모른다. 알 수 없는 인연의 늪, 복잡다단한 욕망의 미로 속으로 들어갔다가, 뜻밖에도 그 속에 조용히 웅크리고 있던 자유의 여신을 만난 느낌. 멋진 삶이 기다리고 있을 거라는 기대가 사라지자, 뜻밖에도 자기 안에 이미 눈부신 자유가 꿈틀거리고 있음을 발견한다. 억압이나 고통에서 벗어나는 것만이 해방이 아니라, 지나치게 믿고 기대하고 희망하는 마음으로부터의 벗어남이야말로 진정한 해방이 아닐까. 때로는 희망이나 기대나 믿음이야말로 우리를 구속하는 가장 무서운 힘이니까.

조르바와 안타까운 이별을 하고 난 후, 이제 '두목'이 아닌 '나'로 돌아온 그는 마치 가갸거겨를 다시 배우는 아이처럼 새롭게 인생을 시작한다. 조르바는 또다시 방랑 생활을 시작해 시베리아까지 가서 젊은 여인과 결혼하고 '꼬마 조르바'를 낳는다. 조르바의 엽서를 통해 그의 생사를 확인하던 '나'는 어느 순간 조르바가 살날이 얼마 남지 않았다는 강력한 예감에 사로잡힌다. 그의 예상대로, 조르바는 머나먼 시베리아에서 세상을 떠난다. 조르바가 가장 아끼던 악기, 아니 단순한 악기를 넘어 조르바의 영혼이기도 했던 산투르를 '나'에게 남긴 채. 그는 오직 조르바의 숨결을 담은 한 권의 책을 구상한다. 그것이 바로 『그리스인 조르바』라는 이름으로 세상에 나오게 된다. 책을 사랑하고, 책과 눈뜨고, 책과 눈 감던 한 작가의 눈에 비친, 책이 없이도 세상의 모든 앎을 온몸으로 느끼는 야생의 초인 조르바. 그의 숨결이 담긴 책과 영화와 연극은 오늘도 지구촌 곳곳에서 '초인의 흔적'을 아름답게 연주하고 있다. 사람들이 생각하는 나, 내가 생각하는 나, 애초에 만들어진 나보다 더 큰 나를 꿈꾸는 모든 이들에게 그리스인 조르바는 오늘도 싱그러운 영감의 샘물이 되어 우리의 그늘진 영혼을 비춘다.

  구원의 문은 우리 손으로 열지 않으면 안 된다. 이제 우리에게 '초인'은 희망이다. '초인'은 대지의 종자이며, 해방은 그 종자 속에 있다. 니체는 "신은 죽었다"고 선언하고 우리를 심연의 가장자리로 데려다 놓았다. 인간은 마땅히 저 자신의 본성을 뛰어넘어 하나의 초인이 되어야 한다. 신의 빈자리를 우리가 차지해야 한다. 주인의 명령이 없어진 지금, 우리 의지로써 그 자리를 차지해야 하는 것이다.

— **니코스 카잔차키스, 앞의 책, 459~460쪽.**

내면의
괴물과
화해할 때
이루어지는
기적

　　남들은 '왠지 안될 것 같다, 그게 과연 되겠냐'는 눈초리
로 나를 의심스럽게 바라보지만, 나는 왠지 '이건 될 것 같
다, 나는 해낼 수 있을 것 같다'는 생각이 들 때가 있다. 남들
이 아무리 말려도, 나는 꼭 해내야만 한다는 생각이 드는 순
간. 심리학자 카를 융이라면 이것을 '내 안의 신화가 깨어나
는 순간'이라고 했을 것이고, 프로이트의 창조적인 계승자
자크 라캉이라면 '실재계에 눈을 뜨는 순간'이라고 명명할
것 같다. 자기 안의 신화, 혹은 실재계는 우리가 무의식 안에
이미 가지고 있지만 아직 발현하지 못한 잠재적 힘이다. 영
화 「매트릭스」의 네오가 처음에는 평범한 회사원이었다가
엄청난 수련과 고통스러운 자기 발견의 과정을 거쳐 마침내
스스로가 '세상에 하나뿐인 구원자, 더 원The One'임을 깨닫
게 되는 순간. 그는 자기 안의 신화를 실현하며, 실재계의 기

적 속으로 성큼 다가가는 것이다.

　김서영의 『영화로 읽는 정신분석』은 '너무도 평범해 보이는 우리의 삶'과 '영화 속 비범한 주인공들의 기적 같은 이야기' 사이의 연결 고리를 찾아낸다. 그 연결 고리가 바로 프로이트와 융, 라캉의 핵심 개념들이다. 융의 눈에는 모든 사람들이 이미 영웅이다. 다만 그 영웅적 힘을 스스로 깨닫지 못할 뿐이다. 심리학의 과제는 바로 '나는 콤플렉스 덩어리야, 결코 이 상처를 극복해내지 못할 거야'라고 믿음으로써 자기 안의 가능성을 억압하는 내면의 괴물과 싸워 이기는 것이다. 그리하여 나를 가로막는 내 안의 모든 그림자와 때로는 싸우고 때로는 화해하여 그림자의 어두운 에너지조차 내적 성장의 계기로 삼을 수 있을 때, 자기 안의 신화는 창조된다. 「해리 포터」의 마력은 어른들에게도 신화적 힘을 발휘한다. 아무에게도 그 특별함을 인정받지 못하던 해리 포터가 마법 학교에 가자 모두가 그를 알아본다. 설명할 필요도 없이 사람들은 그의 존재를 알아본다. 마법 학교는 해리 포터처럼 평범해 보이는 아이의 마음속에 잠재된 엄청난 신화적 에너지를 끌어낸 기적의 장소다. 우리에게도 그런 마법 학교가 있다면, 누구나 자기 안의 신화 속으로 한 발짝 다가

갈 수 있지 않을까. 영화에 담긴 심리 치유의 에너지를 발견함으로써, 우리는 무의식의 잠재력을 의식의 실질적 힘으로 끌어내는 적극적 자기 수련의 모험을 떠날 수 있다.

그림자와 하나가 된다는 것은 "그동안 지하실에 밀어 넣고 문을 잠가버린 후 한 번도 들여다보지 않았던 부분을 이제야 돌보게 되는 것"이다. 마주치기 싫어 외면했던 내 안의 모든 상처들이 어느덧 괴물이 되어 내 무의식의 동굴 깊숙이 숨겨져 있다. 그 괴물에게 직접 다가가 말을 걸어야 한다. "한 번도 돌보지 않았기에 혼자는 제대로 걷지도 못하며 으르렁거리기만 하는 괴물에게 다가가 그것을 꼭 안아주어야 한다." "씻겨주고 쓰다듬어주고 먹여주고 안아주어 애착 관계를 형성해야 한다." 그렇게 내 안의 괴물, 내 안의 그림자를 어르고 달랠 수 있을 때, 나는 내가 믿어오던 것보다 훨씬 강하고 아름다운 존재임을 깨닫게 된다. 내 안의 잠재된 무의식의 가능성을 믿음으로써 내가 발 디딘 현실을 바꿀 수 있는 힘을 기르는 것, 그것이 심리학의 궁극적 목표다.

정신분석과 불교, 그 공통의 언어를 찾아서

　　나는 『프로이트의 의자와 붓다의 방석』 첫 장을 펼쳤을 때 바로 보이는 프로이트의 문장에 화들짝 놀랐다. "마음에 무언가를 남기려는 시도를 하지 말고 그저 듣기만 하라." 이 것이 프로이트의 문장이라니, 마치 부처님의 말씀 같은 문 체로 느껴지는 이 문장이 프로이트의 말이라는 사실이 놀라웠다. 프로이트와 붓다 모두 '고통의 대가'이자 '마음 챙김의 대가'였기에 두 사람의 생각은 자신들도 모르게 서로 통했던 것이 아닐까 싶었다. 그렇다, 우리는 그저 마음의 소리를 듣기만 하는 법에는 익숙하지 못하다. 자꾸 마음을 판단하려 한다. 마음대로 되지 않는 마음을 길들이고 조종하고 통제하려 한다. 본래 하나가 아닌 마음을 억지스레 하나로 통일하려다가 마음의 '다른 소리들'을 놓치곤 하고, 본래 분열되고 변화하는 것이 당연한 마음의 본래면목을 보지 못한다. 그저 마음의 소리를 듣기만 한다면, 마음이 퍼지고 뭉개지고 솟아나고 깨어지고 그럼에도 다시 싹트는 바로 그 과정들을 가만히 관찰할 수만 있다면. 그렇게 마음을 관찰하고 마음의 음향을 제대로 들을 수 있다면, 우리는 자기 마음 때문에 스스로 다치고, 자기 마음을 스스로 파괴하는 어리석은 행동을 멈출 수 있지 않을까.

　이 책은 서양식 정신분석의 대가와 불교학자 8명이 각각 심리학과 불교를 통해 얻은 다양한 통찰과 영감을 자유롭게 펼쳐놓는다. 그들은 정신분석과 불교가 요사이 갑자기 통하기 시작한 것이 아니라 처음부터 아주 통하는 구석이 많았음을 밝히며, 심리학의 불교적 가능성과 불교의 심리학적 가능성을 함께 포착해낸다. 특히 '자아'에 대한 잘못된 대중적 이해를 효과적으로 지적한다. 많은 이들이 '무아無我'라는 개념을 '자기가 없음' 즉 'no self'로 잘못 해석하고 있다는 것이다. 그러나 이와 달리 붓다는 한 번도 자기의 존재 자체를 통째로 부정한 적이 없다. "나(자기)는 분명 존재한다. 이름도 있고, 심리학적 특성들도 있어서 그에 맞게, 각자의 환경에 적응하며 이 세상에 존재한다. 자기는 또 삶의 다양한 원인과 조건들에 따라 독특한 성향을 갖는다. 문제는 우리가

이 '자기'를 변하지 않고 안정된 '것'으로 보는 데 있다." 즉 자기를 고정불변의 존재, 확고부동한 존재로 바라보려고 하는 마음의 습관이 우리 스스로를 힘들게 만드는 주요 원인이라는 것이다. 우리 존재의 모든 측면을 마치 신처럼 주관하고, '해야 할 일과 하지 말아야 할 일'을 확실히 지시하는 완벽한 주인으로서의 '자기'라는 것은 존재하지 않는다는 것이다. 자아가 없는 것이 아니라 우리가 '확고부동한 자아'라고 믿는 실체가 없다는 것이 '무아'의 진정한 의미다. 이것을 이해하면 마음 챙김은 물론 현대 심리학과 불교의 본질적인 소통 가능성도 활짝 열리게 된다.

이 '고정불변의 자아'라는 개념이 사라지면, 마음을 괴롭히는 요인들과 마음 자체를 구분할 수 있는 혜안도 열리게 되고, 마음 자체가 끊임없이 변화하는 상태를 받아들일 수 있는 눈도 열리게 된다. 불교학자 스티븐 배철러는 이렇게 말한다. "붓다가 자신을 압도하려고 덤비는 욕망과 공포를 사적인 것이 아닌 마음과 몸의 일시적인 상태로 받아들일 수 있게 되자, 그제야 욕망과 공포는 그를 현혹할 힘을 잃었다." 나는 이 문장으로 큰 위안을 얻었다. 내가 지금 겪고 있는 공포와 불안 또한 '마음과 몸의 일시적인 상태'라는 것을 진심으로 이해하게 된 것이다. 공포와 불안 때문에 가위눌림까지 겪는 이 마음의 상태 또한 일시적인 것이고, 그것은 마음 자체의 고정불변의 '상수'가 아니라 마음을 움직이는 일시적인 '변수'임을 받아들이게 된 것이다. 불교학자 앤드루 올렌즈키의 지적도 매우 큰 깨달음을 주었다. "경험 안에서 일어나는 모든 것으로부터 끊임없이 이야기를 만들어내려는 마음의 반사작용이야말로 우리가 겪는 많은 괴로움의 원인이다. 명상은 감각 입력 데이터 하나하나를 모아 '의미 있는 자기'라는 거대 구조를 만들어내는 작업을 내려놓고 마음이 쉴 수 있도록 피난처를 제공한다."

　내 직업을 알게 되면 사람들은 신기해하며 이렇게 묻는다. "정말 정신분석가예요? 프로이트처럼?" 그러면 나는 이렇게 대답한다. "네, 그런데 꼭 그런 건 아니에요." 현대 정신분석을 초기 프로이트 학파의 사고와 동일시하는 것은 21세기에 출시된 포드의 신형 전기 자동차를 20세기 초에 출시된 포드 모델 T 기종과 비교하는 것과 마찬가지일 뿐 아니라, 도로를 달리는 자동차가 전부 포드일 거라고 생각하는 것이나 다름없다. (…) 많은 사람들은 정신분석과 심리 치료의 차이를 정확히 알지 못한다. 그래서 흔히 "모든 문제가 과거에 벌어진 일 때문인가요? 다 엄마 잘못인가요? 그냥 약만 처방해주시면 안 돼요?"라고 질문한다. 그러면서 궁금증을 견디지 못하고 묻는다. "이 소파는 어디에 쓰는 거죠?" (…) 정신분석은 치유의 방법이면서 마음을 읽는 이론이다. 정신분석은 인간의 행동을 이해하려는 시도다. 사람들이 왜 자신에게 가장 이로운 행동을 하지 않고, 오히려 자신을 파멸할 수 있는 행동을 하는지 설명하는 것도 정신분석의 목표 가운데 하나다. (…) 사람들이 더욱 자유롭고 원하는 그대로의 삶을 살아가도록 도움을 주기 위해서다.

— 액설 호퍼 외, 윤승희 옮김, 『프로이트의 의자와 붓다의 방석』,
생각의길, 2018, 44~45쪽.

"모든 문제가 과거에 벌어진 일 때문인가요? 다 엄마 잘못인가요? 그냥 약만 처방해주시면 안 돼요?"라고 질문하는 환자의 표정을 상상하자 나도 모르게 웃음이 터졌다. 환자들은 이렇게 마음이 급하다. 그냥 약만 처방해주시면 안 되느냐고. 고통과 대면하는 것은 너무 힘드니까, 나의 진짜 문제를 아는 것 자체가 너무 힘들고 오래 걸리는 일이니까,

그냥 약으로 한 번에 해결해주시면 안 되느냐고. 이런 급한 마음 때문에 우리는 자신의 마음을 알고 받아들이고 화해하는 데 실패하곤 한다. 그러나 '대면'은 필수적이다. 고통과 대면하지 못하면, 고통의 뿌리를 직시하지 않으면, '약만 먹으면 괜찮다'는 식의 손쉬운 평화는 오지 않는다. 모든 정신적 문제를 약으로 해결하려는 성급함과 의존적 태도 또한 심각한 문제다. 우리가 더욱 자유롭게 살아가기 위해서는, 고통으로부터 궁극적으로 해방되기 위해서는 내 병든 마음을 의약이나 타인이 대신 치료해줄 수 있다는 환상으로부터 벗어나야 한다. 우리는 자신의 고통과 마주할 힘을 이미 지니고 있다. 자신의 고통을 치유할 가장 큰 힘도 바로 나 자신의 내면에서 우러나온다. 그 힘은 존재에 대한 조건 없는 사랑이며, 고통조차 감싸 안을 줄 아는 더 큰 사랑이다.

  나는 최근에 '사랑을 넘어선 사랑'의 의미를 생각하고 있다. 사랑을 넘어선 사랑이란 일대일의 사랑이 아닌, 커플 간의 사랑이 아닌, '나'와 '너'의 분별지를 뛰어넘는 사랑을 의미한다. 그러니까 의도적인 사랑, 내가 그 사람을 알기 때문에 느끼는 감정으로서의 사랑이 아니라, 나도 모르게 누군가와 연결되어 있다는 느낌, 우리가 서로를 몰라도 궁극적으로는 서로가 서로와 연결되어 있다는 느낌이 삶에서 너무도 소중한 인연의 네트워크를 구성하고 있음을 깨닫고 있다. 그리하여 나는 지상의 모든 뜻밖의 연결됨에 매혹당한다. 프로이트와 불교가 결국 연결되고, 융과 불교는 원래부터 연결되어 있었으며, 프로이트가 로맹 롤랑의 편지를 받고 '대양적 느낌'의 차원을 이해하기 위해 노력했다는 점도 흥미로웠으며, 영국의 심리학자 위니콧이 타고르의 시에 감명받아 그의 시로 자신의 심리학적 깨달음을 표현하려 했다는 것 또한 놀랍고 반가웠다. 이 모든 뜻밖의 연결들이 바로 틱낫한 스님이 말하는 이미 연결되어 있음interbeingness일지도 모른다. 우리가 나보다 더 큰 존재의 영원한 사랑을 깨닫는 것, 너와 나 사이의 굳건한 경계를 침투하여 마침내 하나가 되는 몸짓. 이것이 바로 사랑을 넘어선 사랑, 어쩌면 부처님의 대자대비大慈大悲와 분명 서로 통하는 눈부신 마음의 몸짓이니까.

개인적
치유를
넘어
사회적
치유가
필요한 시간

무려 1,073일 동안 우리 마음 깊숙이 가라앉아 있던 세월
호가 마침내 수면 위로 떠올랐다. "진실을 인양하라", "세월
호 속에 아직 사람이 있습니다"라는 문구를 볼 때마다 가슴
이 시렸는데, 막상 너무도 처참한 모습으로 떠오른 세월호
를 보니 내가 아는 어떤 말로도 충격을 표현할 수가 없다. 미
수습자 다섯 분의 유해를 반드시 찾아 유족의 품에 안겨드
리는 일, 그리고 철저한 진상 규명으로 다시는 이런 일이 일
어나지 않도록 하는 것이 가장 중요하다. 아울러 세월호와
직간접적으로 관계된 모든 사람의 상처를 치유하는 일 또한
시급하다. 우리 사회는 상처의 치유를 '개인'에게 맡겨버리
고, '네 상처는 네가 알아서 하라'는 식으로 문제와 정면으로
대결하는 것을 회피해왔다. 하지만 세월호의 트라우마는 결
코 개인의 몫으로 치부될 수 없으며, '사회적 치유'가 함께할

때만 비로소 해결의 실마리를 찾을 수 있다.

그런데 과연 어디서부터 사회적 치유를 시작해야 할까. 이런 엄청난 집단적 트라우마 앞에서는 모든 치유의 이론이 힘을 잃는 것처럼 보인다. 예컨대 스위스의 정신의학자 엘리자베스 퀴블러 로스는 상실의 슬픔이 부정, 분노, 타협, 우울, 수용이라는 다섯 단계를 거친다고 말했다. 하지만 과연 그런가. 슬픔의 완전한 수용, 즉 내게 일어난 뼈아픈 상실을 온몸으로 받아들인다고 해서 아픔이 곧바로 치유되지는 않는다. 상실의 슬픔이 그렇게 정확하게 단계별로 극복되는 것은 아니다. '치유되어야 한다'는 강박에 사로잡혀 아직 치유까지는 생각하지도 못할 정도의 깊은 슬픔을 억지로 봉합하려 한 것은 아닌가. 상실을 극복해야만 앞으로 나아갈 수 있다는 생각에 사로잡혀, 아직 슬픔으로 몸부림치는 사람들에게 억지로 "이제 그만 슬픔에서 벗어나라"라고 강요하는 것은 아닌가. 슬픔은 제거해야 할 장애물이 아니다. 그 무엇으로도 대신할 수 없는 상실감 앞에서 제대로 슬퍼할 시간과 공간을 마련해주는 일, 거기서부터 사회적 치유는 시작될 수 있다.

　사랑하는 사람의 죽음으로 인한 트라우마로 고통을 겪는 많은 사람들은 어느 정도 시간이 지나면 그것을 극복해야 한다는 강박 때문에 또 한 번 상처받는다. 극복해야만 '앞으로' 나아갈 수 있다고 믿는다. 하지만 슬픔은 극복된 줄 알았다가도 어느 순간 갑자기 북받쳐 주체할 수 없을 정도로 되살아나며, 다 잊은 줄 알았다가도 되살아나 우리를 괴롭힌다. 심리학자 마크 엡스타인은 『트라우마 사용설명서』에서 붓다의 치유 방식을 이야기한다. 붓다는 말했다, 슬픔에 끝이 있을 필요는 없다고. 나는 이 말에 커다란 위로를 받았다. 슬픔이 끝나야 한다고, 슬픔을 잊으라고 외치는 사람들의 냉정함에 우리가 상처받았음을 그제야 알았다. 이 슬픔에 끝이 없음을 깨달을 때 사회적 치유가 시작될 수 있는 것이 아닐까. 서양 심리학에 길들여진 많은 환자들은 자신이 겪고 있는 고통의 뿌리를 알아내면 그것으로 치료가 끝난다고 생각한다. 철저한 인과론적 사고다. 원인이 밝혀지면 증상이 저절로 치유된다는 기계적 사고다. 인간은 그렇게 생겨먹지 않았다. 슬픔은 극복하거나 억제한다고 해서 사라지지 않으며, 억지로 도려내기보다는 슬픔과 '함께' 살아나가는 길을 찾아야 한다.

우리는 감정에서 도망치는 것이 아니라 감정을 온전히 받아들여야 하고, 모든 것이 정상인 척 연기하는 것이 아니라 우리가 처절하게 상처 입었음을 인정해야 한다. 우리 인생을 투명하게 들여다볼 수 있는 마음의 창문이 바로 시련이기에. 아픔은 아픔대로, 후회는 후회대로 풀어줌으로써, 조금씩 트라우마의 속박에서 자유로워질테니. "사람은 죽어도 질문은 사라지지 않습니다. 질문이 사라지지 않는 한, 그 사람은 완전히 죽은 것이 아닐 겁니다." 세월호의 아픔을 온몸으로 감당한 채 세상을 떠난 고故 김관홍 잠수사의 목소리를 담은 김탁환의 소설 『거짓말이다』 중 한 대목이다. '이 헤아릴 수 없는 상처의 뿌리는 무엇인가'를 질문하는 우리의 간절함이 남아 있는 한, 그날 그 배에서 내리지 못한 304명은 여전히 우리 마음속에 살아 있을 것이다.

접촉,
언어
이전의
원초적
언어

　　인간은 왜 '당연한 사실들'조차 군이 과학적으로 증명하려 할까. 예컨대 살을 맞부딪는 접촉이 신체 건강은 물론 정신 건강에도 좋다는 사실은 본능적으로 알 수 있다. 하지만 군이 온갖 실험을 통해 과학적으로 증명해야 마음이 놓이는 이유는, 점점 쏟아지는 타인의 주장들을 신뢰하지 못하게 되어서이기도 하고, 접촉이 초래하는 '만약의 위험'을 지나치게 두려워해서이기도 하다. 어딜 가나 손 세정제가 놓여 있고, 악수조차 꺼리는 사람들의 지나친 위생 관념이 접촉에 대한 두려움을 가속화한다. 나는 『접촉』이라는 책을 선택하면서 나 또한 '접촉에 대한 그리움'과 '접촉에 대한 두려움'이라는 양가감정을 지녔음을 깨달았다.

　　베르너 바르텐스의 『접촉』에 따르면 꼭 이성 간 애정을 전제로 한 접촉뿐 아니라 모든 인간관계에서 비롯되는 접촉이 몸에 좋다. 촉각은 '언어 이전의 언어'이기에 말을 배우기 전의 아기들에게 가장 중요한 소통의 미디어는 바로 접촉이다. '커들 파티cuddle party'라는 독특한 문화도 있는데, 다만 서로를 정성껏 만져주기만 하되 절대 성적인 행위나 데이트를 지향해서는 안 된다고 한다. 언뜻 보면 상업적으로 보이지만, 외로움에 심신의 건강을 더욱 빠른 속도로 잃어가는 도시인의 현명한 집단 무의식의 발로가 아닐까. 사람과 사람 사이의 접촉뿐 아니라 사람과 사물의 접촉도 중요하다. 예컨대 '차가운 음료'를 마시고 면접을 보는 것과 '따뜻한 음료'를 마시고 면접을 보는 것은 엄청나게 다른 결과를 초래한다. 차가운 음료를 마신 면접관은 상대방의 단점을 냉정하게 파악해서 점수를 인색하게 주었고, 따뜻한 음료를 마신 면접관은 상대방에게 훨씬 너그럽고 여유 있는 관점을 유지해 좋은 점수를 주었다는 것이다. 그러니 화해가 필요할 땐 아이스 아메리카노보다는 따뜻한 차 한 잔이 좋고, 사무실 의자도 딱딱한 것보다는 부드럽고 안락한 것으로 바꾸는 것이 업무에 실질적으로 도움을 주는 셈이다.

마사지가 거의 모든 통증에 효과를 보이는 것도 접촉의

힘이고, 아기에게 마사지해주는 것이 성장과 발육에 도움을 주는 것도 사실이며, 명의는 손가락으로 환자의 몸을 만지는 촉진만으로도 환자의 고통을 잡아낸다는 속설도 틀린 것이 아니다. 쌍둥이 조산아가 따로따로 인큐베이터에 있는 것보다는 같은 인큐베이터에서 서로를 만져주고 안아주어야 훨씬 성장이 빠르다는 연구도 있다. 아이를 울게 내버려두는 것은 결코 좋은 훈육이 아니며, 어떤 방식으로든 살과 살이 맞닿는 '접촉'을 통해 '나는 버려지지 않았다, 나는 사랑받고 있다'는 느낌을 주어야 몸과 마음이 건강한 아이로 자란다. 스포츠 경기에서도 서로를 많이 다독여주고, 쓰다듬어주고, 안아주는 팀이 더욱 승리할 확률이 높다. 이해는 느낌보다 항상 느리지 않은가. 크리스티안 모르겐슈테른은 이렇게 말한다. "단 한 번의 접촉으로 우리 가슴에 영원히 상처를 남기는 사람이 있는가 하면, 존경과 우정으로 남는 사람도 있다." 접촉에 인색해진 현대인들은 무의식적으로 '어떤 조건도 의심도 슬픔도 없는 접촉'을 그리워한다. 잊지 말자. 촉각은 인간에게서 발달하는 첫 번째 감각이라는 것을. 느낄 수 있다는 것이야말로 살아 있음의 증명이며 '아직 우리는 괜찮다'는 사실의 생생한 증명이라는 것을.

끝끝내
이별
인사도
건네지
못한
채

'한恨'이라는 정서는 모든 슬픔을 한 단어로 응축하면서도 동시에 아무것도 제대로 설명해주지 못하는 단어이기도 하다. 한은 민족의 한, 천추의 한처럼 이상화되고 추상화되기 쉽기 때문이다. 뭔가 구체적으로 설명해주기보다는 "그게 다 한이지, 한이야!"라는 식의 환원론에 빠지기도 쉽다. 개인의 슬픔이 한이라는 차원을 넘어서는 것은 참으로 어려운 일이다. 한은 원통함과 억울함으로 시작되어 울분과 좌절감으로 끝날 때가 많다. 한은 밖으로 흐르는 감정이라기보다 안으로 고여 있는 감정이기에, 달래고 누그러뜨리기는 더욱 어렵다. 이런 한의 태생적 폐쇄성을 뛰어넘는 작품이 바로 김별아의 『영영이별 영이별』이다.

단종이 숙부 수양대군에게 왕위를 빼앗기고 비참하게 죽

어간 뒤, 단종비 정순왕후는 무려 65년이나 홀로 살아남아 82세까지 이곳저곳을 떠돌며 그야말로 '인간이 느낄 수 있는 모든 한恨의 결정판' 같은 삶을 살아간다. 하지만 이 소설은 '개인의 한'으로 오그라들지 않고, 원통하게 죽어간 단종에 대한 연민과 수양대군을 향한 저항의 정서를 공유한 모든 사람들의 슬픔을 어루만지는 방향으로 확장된다. 정순왕후의 '혼백'의 시점에서 그 파란만장한 역사의 소용돌이를 끝내 견뎌낸 수많은 사람들의 슬픔으로 확장되고, 정순왕후의 일생은 열일곱 소년과 열여덟 소녀인 채로 영원히 헤어졌던 두 사람의 애끊는 사랑 이야기로 환원되는 것이 아니라 단종, 세조, 예종, 성종, 연산군, 중종에 이르기까지, 무려 6대 왕의 시대를 온몸으로 살아낸 정순왕후가 목격한 모든 '사건'들로 확산된다.

　　정순왕후는 그 수많은 사람들이 권력의 암투 속에 서로를 모함하고 밀고하고 죽이는 파란만장한 세월을 묵묵히 참아냈다. 다만 꿋꿋이 살아남는 것이 유일무이한 복수의 길이었던 시간을 견뎌냈다. 정순왕후는 살아남은 것에 그치지 않고, 자신만큼이나 가련하고 애통한 사람들, 남편을 죽음에 이르게 한 수양대군을 비롯한 그 모든 배신자들의 삶까지 아우르는 거대한 이야기의 병풍을 자신의 슬픔이라는 바늘로 한 올 한 올 수놓아간다.

　정순왕후는 왕비에서 평민으로 추락한 것으로도 모자라 날품팔이꾼, 걸인, 비구니의 삶까지 견뎌내며 살아남았다. "그녀의 존재를 말하면 사람들은 어리둥절해한다. 세상이 외면했던 65년의 고독을 말하면, 경악한다. 그녀가 움켜잡았던 온기, 이름 모를 여인들의 거친 손을 말하면 눈물짓는다." 바로 이 공감과 연대의 정서야말로 한의 폐쇄 회로를 벗어날 유일한 열쇠가 아닐까. "당신은 전설로 축조된 신비의 왕국에서 어린아이처럼 착한 왕으로 부활하셨습니다. 밟히고 또 밟혀도 잡초처럼 일어나는 민인들 가운데, 타인의 불행을 동정하며 눈물 흘릴 줄 아는 숫백성들의 마음에, 불의를 미워하고 정의를 그리워하는 사람들의 가슴에 당신의 나라는 뿌리를 내렸습니다. 현실에 없는 나라, 잃어버린 나라, 그리하여 더욱 아름답고 슬픈 나라." 바로 그 영원히 되찾을 수 없는 나라, 잃어버린 나라에 살고 있는 모든 '슬픔의 백성들'에게 이 소설은 이제는 함께 울자며 손을 내민다.

　한은 결코 마음에만 고여 있는 것이 아니다. 끝내 '나'를 뛰어넘고, '우리'의 좁은 경계를 부수고, 도저히 함께할 수 없었던 '그들'에게까지 촉수를 뻗어가 결국 '더 커다란 우리'로 나아갈 때, 한은 비로소 극복될 수 있을 것이다.

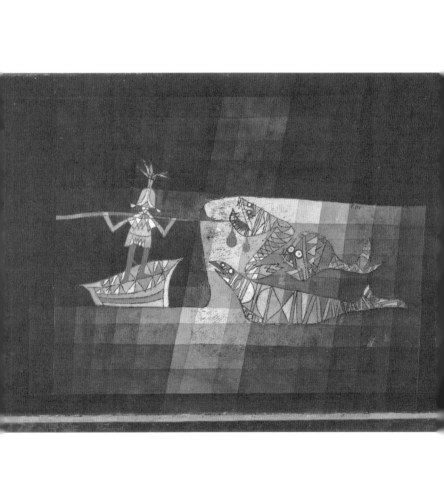

Klee

1921/52   Hexen scene

현실의
결핍을
뛰어넘는
상상의
힘

어른들의 감시가 없는 곳, 시험도 학교도 숙제도 없는 곳
에서 마음껏 뛰놀고 싶은 어린이의 마음을 대변해주는 캐릭
터들이 있다. 그중 남자아이의 우상이 피터 팬이었다면 여
자아이의 우상은 말괄량이 삐삐가 아니었을까. 삐삐 롱스타
킹이 원숭이 닐슨 씨와 단둘이 살고 있는 '뒤죽박죽 별장'은
피터 팬의 네버랜드보다 훨씬 현실적인(?) 천국이었던 것 같
다. 굳이 환상 속 네버랜드까지 떠나지 않더라도 '텅 빈 집'만
있다면 그곳이 곧 어린이의 천국이 될 수 있으니 말이다. 뒤
죽박죽 별장에는 모든 것이 '제멋대로' 널려 있기에 오히려
완벽한, 어린이들의 이상향이 될 수 있었다. 뒤죽박죽 별장
의 자유분방함과 선원 출신 아버지를 둔 삐삐의 무한한 '이
야기 제조 능력'은 소녀들의 가슴을 설레게 만드는 멋진 판
타지였다.

무한 리필되는 소녀의 상상력 하면 빼놓을 수 없는 또 하나의 작품이 『빨간 머리 앤』이다. 『빨간 머리 앤』의 정서적 파장은 『삐삐 롱스타킹』보다 훨씬 오래 지속됐다. 말괄량이 삐삐가 아홉 살을 전후로 한 '어린이'의 공상을 책임진다면 빨간 머리 앤은 어린 소녀부터 사춘기의 정점까지 아우르는 틴에이저들의 공상의 왕국을 떠나지 않는다. 게다가 애니메이션 「빨간 머리 앤」은 아무리 '재탕'을 거듭해도 그때마다 TV 앞에 앉게 만드는 묘한 마력이 있다. 애니메이션의 빨간 머리 앤 연기를 맡았던 성우 고故 정경애 씨의 영롱한 음성은 아직도 귓가에 아련하게 울린다.

삐삐와 앤의 공통점은 친부모가 일찍 돌아가신 천애 고아라는 점. 하지만 이 소녀들에게는 근원적인 결핍을 뛰어넘게 만드는 영혼의 무기가 있었으니, 바로 '못 말리는 상상력'이다. 이 두 어린이는 이야기 창조를 통해 현실에 결핍된 것을 망각한다. 걸핏하면 얼토당토않은 이야기를 제멋대로 지어내는 삐삐의 상상력의 원천에는 선원이었던 아빠와 함께 원양어선을 탔던 아저씨들이 전수해준 각종 모험담이 자리하고 있다. 마치 직접 세계 일주라도 다녀온 것처럼 세계 각국의 이름을 대가며 '상상 속 경험'을 이야기하는 삐삐는 옆

집 친구 아니타와 토미를 단번에 사로잡는다.

아이들만 만들 수 있는
천국의 풍경

마주치는 모든 사물과 공간에 자신이 지어낸 이 세상 하나뿐인 이름을 붙여줘야 마음이 놓이는 앤은 또 어떤가. 벽에 장식이 없으면 벽이 슬퍼할 거라 생각하는 아이, 자신이 이름 붙여준 모든 사물은 영혼을 가지고 있기에 결코 잊거나 방치해서는 안 된다고 생각하는 아이, 앤 셜리.

앤이 뛰어난 '감정이입' 능력을 가졌다면 삐삐는 뛰어난 '발견의 재능'을 가졌다. 삐삐는 끊임없이 몸을 움직이며 익숙한 사물의 새로운 쓸모를 발견하고 좋아한다. 여전히 전 세계 어린이와 학부모의 전폭적 사랑을 받고 있는 앤과 삐삐 스토리는 아이들만이 만들 수 있는 우리 안의 천국을 그린 이야기다.

"아르헨티나에서는 수업을 하면 법을 어기는 거야. 간혹 어떤 아이들이 벽장에 들어가 공부를 하기도 하지만 엄마한테 들켰다간 혼쭐나지. 학교에서는 수학을 절대로 안 가르쳐. 7 더하기 5가 뭔지 아는 아이는 하루 종일 교실 구석에 서서 벌을 받아. 바보같이 자기가 아는 것을 선생님한테 가르쳐주는 아이 말야."

― **아스트리드 린드그렌**, 햇살과나무꾼 옮김,
　『**내 이름은 삐삐 롱스타킹**』, 시공주니어, 2007, 69~70쪽.

농장 일을 도와줄 '쓸 만한' 남자아이를 입양하려다가 스펜서 부인의 실수로 얼떨결에 '쓸모없는' 여자아이를 입양하게 된 마릴라와 매슈. 마릴라는 공상이 지나치고 현실감각이 없으며 절제를 모르는 빨간 머리 앤을 어떻게든 '개조'해 차분하고 침착한 아이로 만들려 한다. 그의 교육 계획은 좀 더 윤리적이고 종교적이고 합리적인 소녀를 만드는 것이다. 보수당을 지지하고 독실한 기독교도이며 평생 독신으로 살아온 금욕주의자 마릴라의 눈에는 절제라고는 모르는 앤이 거의 대책 없는 '이교도'로 비친다.

"오라버니, 저 애는 정말 누군가에게 입양되어 교육을 받아야 해요. 저 아인 거의 이교도나 마찬가진걸요. 오늘 밤 전까지 단 한 번도 기도를 한 적이 없다고 한다면 믿으시겠어요? 내일 목사관에 가서 새벽 성경 공부 책을 빌려 와야겠어요. 꼭 그래야겠어요. 제가 적당한 옷을 만드는 대로 주일학교에도 보내야지요. 할 일이 정말 많겠어요. 그래, 맞아요, 우리 몫으로 주어진 어려움을 겪지 않고 세상을 살 수는 없죠. 저는 지금까지 너무 편하게 살아왔어요. 마침내 제게도 때가 왔으니 최선을 다해야 할 것 같아요."

― 루시 모드 몽고메리, 김경미 옮김,

『빨간 머리 앤』, 시공주니어, 2002, 77쪽.

마릴라는 엄격한 교육으로 앤의 무제한 공상의 세계를 통제해보려 하지만 오히려 앤의 사방팔방으로 흩어지는 상상력의 반딧불을 쫓아다니다가 지쳐 나가떨어지고 만다. 그칠 줄 모르는 앤의 수다 바이러스에 감염된 것이다. 처음부터 매슈는 앤에게 두 손 두 발 다 들고 그저 앤의 수다를 듣는 것만으로 행복해진다는 것을 인정하지만, 앤의 직접적인

'양육'을 맡은 마릴라는 앤에게 좀 더 절도 있는 교육철학을 적용하려 한다. 하지만 좀처럼 마음속 생각을 표정으로 드러내지 않는 마릴라는 시간이 갈수록 앤의 공상 속 이야기가 하루라도 들리지 않으면 말할 수 없이 허전해지는, 앤이 창조해낸 이 세상 그 무엇과도 바꿀 수 없는 '초록 지붕 집'을 발견하게 된다.

교육하는 아이
vs 교육당하는 어른

무엇보다 마릴라는 아름다움을 표현하고 느끼고 소중히 여기는 감수성을 앤으로부터 배운다. 아름다움에 대한 투명한 예찬은 무미건조하게 살아온 마릴라가 오랫동안 억압해왔던 감수성이기도 하다. 앤이 날마다 실천하는 수다의 마법은 조용하고 평온한, 일관성 그 자체였던 마릴라의 일상을 매일 다른 빛깔의 상상력으로 물들인다. 달력의 날짜만 다를 뿐 하루하루가 똑같은 날처럼 느껴지던 마릴라와 매슈에게 앤은 '그다음 이야기가 궁금해지는' 새로운 삶의 기쁨을 선사한다. "나 참, 저 애가 온 지 겨우

3주밖에 안 됐는데, 꼭 항상 여기 있었던 것만 같아요. 이 집
에 저 애가 없는 건 상상할 수 없어요."

  마릴라는 이리저리 왔다 갔다 하는 앤의 생각을 쫓아다니
느라 매번 녹초가 되면서도 앤의 수다에 중독돼 앤이 없는
적막의 시간을 견디지 못하게 되어버린다. 앤은 주변 사람
들의 혼을 모두 쏙 빼놓아 매번 '계획되지 않은' 치열한 감정
노동을 하게 만든다. 마릴라뿐 아니라 다이애나를 비롯한
앤의 친구들, 앤의 원수이자 미래의 연인 길버트 블라이드,
린드 부인과 목사 부부와 조세핀 할머니까지, 모두 앤의 '상
상 공화국'의 즐거운 포로가 되어버리는 것이다.

  삐삐는 앤보다 훨씬 도전적인 방식으로 어른들을 놀라게
한다. 앤이 '수다'와 '몽상'으로 어른들의 혼을 쏙 빼놓는다면
삐삐는 각종 '액션'과 '돌발 질문'으로 어른들을 골탕 먹인다.
삐삐는 자신을 기어코 '어린이집'으로 보내려고 하는 경찰
들을 혼자 힘으로 내쫓아버리고 한밤중에 도둑이 들어왔을
때도 태연자약하게 도둑들을 따돌릴 뿐 아니라 얼떨결에 삐
삐 앞에서 춤까지 추게 만든다. 재미 삼아 한번 가본 학교에
서는 선생님의 질문을 완전히 '다른 각도'에서 바라보아 질

문 자체를 무색하게 만들기도 한다.

"자, 아니카. 너한테 문제를 낼게. 구스타프가 같은 반 친구들이랑 소풍을 갔어. 구스타프는 소풍 갈 때 1크로나가 있었는데, 집에 돌아와 보니 7외레가 남아 있었어. 구스타프는 얼마를 썼을까?"

삐삐가 또 끼어들었다.

"그래 맞아, 나도 알고 싶어. 구스타프는 왜 그렇게 돈을 펑펑 쓰고 다니지? 구스타프는 탄산음료를 사 먹었을까? 또 집에서 나오기 전에 귀는 잘 씻었을까?"

— **아스트리드 린드그렌**, 앞의 책, 63쪽.

다 큰 어른의 몸도 한 손으로 번쩍 들어 올리고 거대한 말한 마리도 가뿐하게 들어 올리는 천하장사 삐삐의 진가는 아이들만 있는 집에 끔찍한 화재가 발생했을 때 유감없이 발휘된다. 아홉 살 소녀가 감당하기에는 너무도 벅찬 두려움을 이겨내고 삐삐는 거대한 불길 안에 갇힌 동네 아이들

을 무사히 구해낸다. 삐삐를 버려진 아이, 괴상한 아이로 생
각하던 동네 사람들은 그제야 삐삐의 진가를 알아보고 '혼
자 살아도 충분히 잘 자라는' 삐삐의 삶을 인정한다.

한편 앤이 마릴라에게 선사한 것은 무엇보다도 독신으로
살아온 그녀에게 최초로 찾아온 감정, 바로 '창조된' 모성애
였다. 어느 순간 마릴라를 더는 무서워하지 않게 된 앤은 마
릴라의 나무껍질 같은 손에 자신의 작은 손을 살며시 집어
넣으며 이렇게 말한다. "집이 있고 집으로 돌아간다는 게 너
무 좋아요. 저는 벌써 초록 지붕 집을 사랑하게 됐어요. 전에
는 어떤 곳도 사랑한 적이 없었어요. 그 어디도 결코 집 같지
가 않았거든요. 아, 마릴라 아주머니, 전 너무 행복해요." 그
순간 마릴라는 태어나서 한 번도 경험해보지 못한 뜻밖의
전율을 느낀다.

마릴라는 조그맣고 가냘픈 감촉이 손바닥에 와 닿자 뭔가 따
뜻하고 즐거운 감정이 솟아올랐다. 지금껏 느껴보지 못한 모성
애의 감동이었으리라. 전혀 익숙지 않은 다정함이 마릴라를 당
황스럽게 했다. 마릴라는 서둘러 도덕을 가르침으로써 그 짜릿

한 감동을 몰아내고 정상적인 침착함을 회복했다.

　　— **루시 모드 몽고메리, 앞의 책, 108쪽.**

　마릴라는 '엄마'가 아닌 '아주머니' 호칭을 고집했고 그만큼의 '객관적 거리'를 두고 앤을 바라보기 위해 노력했다. 하지만 어느새 '아주머니의 꼬마 앤'을 넘어 '사랑스러운 딸'이 되어버린 앤의 존재를 받아들이게 된다. 생물학적 모성이 아니라도 느낄 수 있는 창조된 모성의 아름다움. 노력하고 번민하고 실패하면서 '배우는' 모성의 아름다움이 빛을 발하는 순간이다. 특히 앤이 다이애나의 집 지붕에서 떨어져 크게 다친 후 배리 씨의 품에 안겨 오는 순간, 마릴라는 더 이상 주체할 수 없는 자신의 솔직한 감정을 가슴 깊이 인정하게 된다. 좀처럼 놀라거나 당황하지 않는 마릴라는 앤이 다친 모습을 보고는 미친 듯이 뛰어가며 '이성'을 잃는다.

　순간 마릴라는 한눈에 모든 것을 알았다. 갑자기 찌르는 듯한 두려움에 가슴이 아파오면서 앤이 자신에게 어떤 존재인지

깨닫게 되었다. 마릴라는 앤을 좋아했던 것이다. 아니 몹시 사
랑했다. 지금 마릴라는 정신없이 비탈길을 뛰어 내려가며 앤이
이 세상 무엇보다도 자신에게 소중한 존재임을 알았다.

— 루시 모드 몽고메리, 앞의 책, 250쪽.

감수성 넘치는
아이들의 공동체

수많은 동화가 어른의 교육과 설
득으로 탈바꿈된 착한 어린이의 스토리를 들려준다. 그러
나 앤과 삐삐는 어른을 변화시키는 아이의 힘을 이야기한
다. 이 두 아이는 한일자로 굳게 다문 어른들의 입술에 참을
수 없는 미소를 번지게 한다. 어린이는 모름지기 예의 바르
고 질서 정연하고 절도 있게 커야 한다는 통념에 도전하면
서 오래된 에티켓에 균열을 내고 케케묵은 인습에 도전장
을 내민다. 어른들은 처음에는 눈살을 찌푸리고 소녀들의
'버르장머리'를 고쳐주려 하지만 몇 주도 되지 않아 그녀들
의 상상 공장이 만들어내는 이야기의 힘에 압도되고 만다.

"그 꼬마 앤은 볼 때마다 더 좋아지는걸. 난 다른 여자아이들한테는 싫증을 느끼곤 했지. 모두들 짜증스러울 정도로 언제나 똑같으니까. 그런데 앤은 무지개같이 여러 가지 색깔을 지니고 있고, 보여주는 색깔마다 다 예쁘단 말야."

— 루시 모드 몽고메리, 앞의 책, 380쪽.

마릴라는 모범 소녀 앤 만들기 프로젝트를 결국 포기하는데 그것은 있는 그대로 수다쟁이 앤을 더없이 사랑하게 되었기 때문이다. 게다가 자신의 교육을 통해 변화할 앤을 이전보다 더 좋아할 자신이 없었다. 그렇게, 자신과 닮은 구석이라고는 전혀 없는 앤을 그 자체로 사랑하는 법을 깨닫게 되면서 마릴라는 마음의 평화를 찾는다.

어른들의 이러한 '즐거운 복종'은 한 가정뿐 아니라 마을 단위로 구성된 커뮤니티를 완전히 다른 분위기로 탈바꿈시킨다. 규율과 통제만이 지배하는 공간에서 실수와 결점마저 끌어안는 우정과 사랑의 공동체로 변화시키는 것이다. '마음에 안 드는 남의 집 자식'을 개조하고 훈육하려 하는 대신

있는 모습 그대로 사랑할 때, 아이들의 결점이 훌륭한 장점
으로 변할 수 있음을 깨닫게 되기 때문이다. 이런 공동체의
가르침 안에서 아이들은 자신의 장점을 고스란히 간직한 채
멋진 어른으로 자라난다.

"퀸스를 졸업할 때에 저의 미래는 제 앞에 곧게 뻗어 있었어
요. 그 길을 따라가면 많은 이정표를 볼 수 있으리라고 생각했
죠. 이제는 그 길에 모퉁이가 생겼어요. 그 모퉁이 길에 무엇이
있는지는 저도 몰라요. 하지만 가장 좋은 일이 기다리고 있을
거라고 믿을 거예요. 모퉁이 길은 그 나름대로 매력이 있어요,
마릴라 아주머니. 그 모퉁이를 돌아서면 어떨지 궁금해요. 어떤
초록빛 영예와 각양각색의 빛과 그늘이 있을지, 어떤 새로운
풍경이 있을지, 어떤 새로운 아름다움이 있을지, 어떤 모퉁이와
언덕과 계곡이 펼쳐져 있을지 말예요."

— **루시 모드 몽고메리, 앞의 책, 404~405쪽.**

앤과 삐삐는 오늘날 아이들에게 필요한 것이 '고래도 춤

추계 하는' 무조건적 칭찬이나 '대치동 엄마들'로 대표되는 과학적인 모성, 혹은 미국 유학 정도는 거뜬히 보낼 풍부한 경제력만은 아님을 일깨워주는 캐릭터다. 앤의 소녀 시절은 아직 여성에게 투표권이 없던 때였다. 인터넷은 물론 라디오나 텔레비전도 없었고 오직 '책'과 '수다'와 '자연'만이 엔터테인먼트의 전부였다. 그때 그 시절보다 훨씬 많은 정보와 엔터테인먼트의 혜택을 받는 오늘날 아이들은 과연 앤이나 삐삐보다 행복할까. 지금 우리 아이들은 너무 많은 자극에 둘러싸여 정말 자신을 행복하게 해주는 자극이 무엇인지 깨닫기가 어려워진 게 아닐까.『빨간 머리 앤』과『삐삐 롱스타킹』은 현대 아이들에게 텔레비전과 게임기 없이도 즐겁게 놀 방법이 널려 있음을 알려주는, 아이들만의 창조적인 '자연 사용 매뉴얼'이기도 하다.

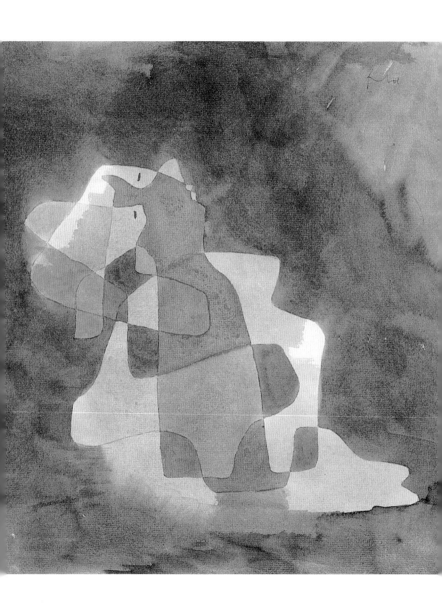

Klee

1915 32   94

1914 95. geöffneter Berg

7월의 화가

파울
클레